新説 狼と香辛料 狼と羊皮紙 Ⅴ

支倉凍砂
Isuna Hasekura

Illustration
文倉 十
Jyuu Ayakura

「ご無沙汰しております」
教会改革を進める〝薄明の枢機卿〟
トート・コル
賢狼と行商人の娘
ミューリ

伝説の黄金羊
ハスキンズ

「まさかあの狼の、娘の顔を見ることになるとは」

「あっ……わっ……あっ」

聖クルザ騎士団分隊長
クロード・ウィントシャー
「ほほう、これはこれは光栄なこと」

Contents

序　幕——11

第一幕——15

第二幕——73

第三幕——139

第四幕——191

第五幕——253

終　幕——303

Designed by Hirokazu Watanabe(2725 inc.)

新説 狼と香辛料

狼と羊皮紙Ⅴ

MAPイラスト／出光秀匡

序

幕

昼食後の少しけだるい時間帯。部屋のベッドには年頃の少女がうつぶせになって、鼻歌交じりに足をぱたぱたさせていた。

手には木のペンを持ち、蠟を引いた板に夢中で絵を描いている。

そんな少女の顔の横には、少女が街で拾ってきた子犬がいて、興味深そうに絵を覗き込んでいた。

開け放たれた木窓の向こうには冷たい冬の終わりを告げる青い空が広がり、柔らかな早春のそよ風が、街の賑やかな喧騒と一緒に部屋に入ってくる。

ふと気づけば、少女の細い足が動かなくなっていた。ほどなく呑気な寝息が聞こえてきて、子犬は眠りこけた少女の様子に首をひねってから、自身もまた腹ばいになって眠りにつく。

穏やかで、静かで、平和な時間。

少女の頰にかかった髪の毛を指でどけ、ついでに頭を撫でてやると、その頭の上で大きな三角の耳がぴくぴくと動く。子犬と同じ形の、獣の耳。腰からは立派な毛並みの尻尾も生えていて、春のそよ風に吹かれていた。

手元の木のブラシに絡まった狼少女の冬毛を取りながら、自分もまたあくびをして、苦笑交じりに嚙み殺したのだった。

第一幕

「兄様ー！　こっちこっち！」

大混雑した港の喧騒に負けないミューリの声が響き、人ごみの向こうに辛うじてその手が見えた。まだ生きている魚を満載にした荷車をやり過ごし、縄で繋がれた鶏の行列をまたぎこえ、どうにかミューリの下まで向かうと、すでに商人たちとの交渉が始まっていた。

「この亜麻布が三十反と、サーヴァ産羊毛の毛織物が二十反。ヨルド織のほうは？　これで十五反用意できる？」

ミューリが対峙するのは、でっぷり肥えた壮年の商人が三人で、彼らはそれぞれ腕に何種類もの布を提げている。

ミューリはその一枚一枚を確認しながら、どんどん注文を出していく。

「ついでに未加工の白毛織物が二十反欲しいんだけど……おまけで麻布を十反つけてくれる？」

ミューリの言葉に、商人たちが目を見開き、口々に文句を言い出す。体重も年齢も倍以上ありそうな商人たちに詰め寄られているのに、ミューリは欠片も怯むことなく言い返す。

「はー？　じゃあいいよ。緋と紫の染色布は別のところで買うから」

そう言って手にしていた契約用の紙を丸めてしまう。

「兄様、次のところに行こ」

そして、こちらの手を取ってさっさと歩き出そうとする。呆気に取られていた布商人たちは、一瞬こちらを見た。今の自分は外出用に商人風の服を着ているので、ミューリの上司に見えたのかもしれない。しかし人を見る目のある商人たちは、主導権を握っているのがミューリだとあっさり見抜く。互いに目配せすると、すがりつくようにミューリに声をかけていた。

商人たちに背を向けていたミューリは、こちらにだけ見えるように笑ってから、足を止めて振り向いた。

「じゃあ、緋と紫の染色布、それに金糸と銀糸も注文するから、麻布のおまけを十五反！」

商人たちは揃って口を引き結んだが、貝の内臓で染めるという紫色の布は、恐ろしく高価でその分儲けも多いらしい。はるか遠方の地からもたらされる樹皮で染める緋色の布も高価な代物で、逃すには惜しかったのだろう。

三人の布商人はミューリの前に跪かんばかりの勢いで、おまけの枚数をせめて十反に減らしてくれと懇願していたが、有利を確信しているミューリはのらりくらりと対応し、結局、十三反で決着した。

ミューリは満足げな顔で、紙に商人たちの名前を書かせ、契約を終える。

「で、次の商品はなんだっけ」

百戦錬磨のはずの商人たちをあっさり打ち負かし、ミューリはそう言いながら羽ペンを耳の間に挟む。いつもの服ではなく、商会の小僧と同じ格好をしていることもあり、すっかりいっぱしの商人なのだった。

そんなミューリの後について港を巡っていると、ラウズボーンに満ちる活気は目もくらむばかり。ウィンフィール王国第二位の港湾都市ということで人出が多いのはもちろんのこと、自分自身が久しぶりの外出ということと、冷たい冬が終わって日差しが春のそれに変わりつつあるからというのも原因だろう。

ただ、街の賑やかさの理由には、日差しと人の多さ以外に、街の人々の晴れやかな顔つきもあるのだと気がついた。笑い声が絶えず、港ではお定まりの怒号でさえ、どこか喜劇じみている。ついこの間まで徴税人と貿易商人組合が武器を手にいがみ合っていた、などというのが信じられなかった。

それどころか、武装蜂起した徴税人が大聖堂の前に集まったり、遠隔地貿易を担う大商人たちが酒場の一室で陰謀を巡らせていたり、ウィンフィール国王が軍勢を差し向けたりと、多くの者に悲しみと苦しみが降りかかろうとしていた。

あの状況を解決し、軋轢を解きほぐせて本当に良かったと、街の様子を見て思う。またその実現の一端を担えた身として、多少の誇らしさを感じたとしても許されるはず。

世界が平和でありますように。

天気が良く賑やかな街の様子を眺め、手を組んで神に感謝せずにはいられなかったのだった。

「ねえ、兄様！」

海に向かって祈りを捧げていたら、ミューリが書きたての契約書を胸に押しつけてくる。

「ほら！　錫の食器類も買いつけたよ！」

「あ、は、はい。ご苦労様です」

そこには数十組の食器類を、破格の値段で買いつける契約が記されている。

「まったく、久しぶりにお外に出たと思ったら、ずっとぼーっとしてるんだから」

ずっとではないはずだ……と思いつつ、大混雑した港を元気に駆け回るミューリからしたら、似たようなものなのかもしれない。

「大体、兄様はもっと私の買いつけを褒めたりそやしたり、ぎゅっとしてくれたりしてもいいと思うんだけど？　本当なら私はこんなことする義理ないんだから」

ミューリは腰に両手を当て、責めるような眼で言ってくる。

その点については、ミューリに対して感謝とある種の申し訳なさがある。

自分とミューリが街中で様々な物資を買いつけているのは、旅の準備でも、商会の手伝いでもない。これはこの間の大騒ぎの後始末のために建設することになった、修道院で使用するものだった。

聖職者の隠し子として、かつて父親に捨てられた過去を持つ者たちが集ったラウズボーンの徴税人組合は、恨みを晴らすために大聖堂に討ち入った。そこには同情すべき怒りがあるとしても、教皇からすれば自分たちの組織に対する明確な攻撃だった。特に徴税人たちが根拠にしていたのが王国の発行した徴税権だったため、徴税人たちの暴挙は、王国と教皇の間で戦火を交える可能性を一気に高めることとなってしまった。

そこで、戦を回避するには、その討ち入りをどうにか誤魔化すほかなく、思いついたのが、これは討ち入りではなくて情熱的な嘆願である、と主張することだった。

徴税人たちは独自に孤児院を運営していたのだが、財務基盤が脆弱なために、どうにかしたい。その想いが高じ、孤児院のための修道院建設を大聖堂に認めて欲しい、とつい情熱的に訴えてしまったのだと。

欺瞞も欺瞞だが、徴税人組合の長であるシャロンや、彼女を支えていた街の小さな教区司祭であるクラークなどは、本当に自費で孤児院を運営していたし、その孤児というのは聖職者たちの私生児だったのだから、確かな根拠もあれば、大聖堂側には罪の意識もあった。

こうして小さくない真実を握りしめ、可能な限り話を拡大して、あの大騒ぎを覆い隠した。

結果、騒ぎは収まり、残ったのが修道院建設だ。

そしてその修道院長にはクラークが、孤児院の院長にはシャロンが就任し、ふたりで力を合わせ、行く当てのない子供たちや、似たような境遇の者たちを助けていくということになった。

「あの鶏と兄様の出来損ないは、修道院で二人で幸せに暮らしました……だってさ！」

ミューリがわざとらしく言って、こちらをじっと見つめてくる。

つい目を逸らしてしまうのは、こちらにそれだけの理由があるから。

「兄様も修道院作ってくれたらなあー。私と兄様で、二人で暮らせるんだけどなー」

ミューリは独り言にしては大きすぎる声量で言って、体をぐいぐい押しつけてくる。

兄と妹としてではなく、一人の異性として好きだと言ってこの旅にくっついてきたミューリ。とはいえこちらはミューリを妹としか見れず、もちろん聖職者を志望しているので結婚はできない。ミューリはそのことに納得してくれたかのように見えたが、そこに出てきたのが修道院の話だ。

修道院ならば聖職者になるという兄の夢も叶えられるし、自分が想像する結婚生活に似たものも送れる、と思っているらしい。

こちらとしては、柵を作って羊が逃げないようにするための施設にしか思えないのだが、なんにせよそんな不純な動機で修道院を作れはしない。ましてや石壁の中に引っ込むにはやり残したことが多すぎる。

自分は薄明の枢機卿と呼ばれるようなことになっていて、望むと望まざるとに関わらず、世に大きな影響を与えてしまっている。せめて身を引くには、その影響を見極めてからという責任がある。

そういう説明をこんこんとしたのだが、ミューリはこうして隙あらば、甘嚙みにしてはやや痛いことをしてくる。

しかしそんなミューリに強く出られないのは、ミューリとの関係をはっきりさせられないこちらにも非があるとわかっているからだ。ミューリはこれまでの旅で、命さえ平気でなげうつような、真摯な想いを見せてくれた。その気持ちを受け入れるにせよ、受け入れないにせよ、二人の関係をはっきりさせ、ミューリを納得させることは、その想いへの返答として自分が果たさなければならない責任だとわかっていた。

けれど、ではいざどうすればいいのかと考え始めると、まったくの泥沼なのだった。

「修道院の問題は、入っちゃうとこういう大きな街に来られなくなっちゃうことだよね」

ミューリが甘噛みをやめて、そんなことを言った。本気で修道院の話をねじ込んでこないのは、この理由が大きかったかもしれない。

「たまになら外に出ることもできますが、基本的に辺鄙な場所に作られますからね」

「窒息しちゃいそう」

ミューリは首を縮めていた。

「兄様は全然気にしないんだろうけど。何日もお部屋に閉じこもって、黴が生えちゃうよ」

話しながら背中やらをぱんぱんと叩かれる。今着ているのはハイランドから借りている商会の若旦那風の服なので、もちろん黴が生えているわけではない。

ただ、外出そのものが一週間ぶりくらいなのは事実だった。

ラウズボーンの大騒ぎをまとめ上げ、修道院建設の決定によって問題を解決してから、その後始末のために自分も奔走することとなった。修道院を設立するには修道規則や設立理念など、それっぽい体裁を整える必要があって、資金や建設のための根回しなどで役に立てない分、そちらで頑張った。

本当ならその作業が終わったところで一休憩できたのだが、大聖堂のヤギネ大司教から直々に頼まれた仕事があったのだ。内容は聖典の俗語翻訳で、まだ翻訳されていないが、ぜひ訳して欲しい箇所があるので、街にいる間にお願いできないかということだった。

ここしばらく翻訳の作業はできていなかったし、この先また街を移動して時間が取れなくなるかもしれない。ハイランドの借り上げた屋敷は執筆の環境としては最高だし、ラウズボーンの街はミューリを放ったらかしておいても平気なほど広く、賑やかだ。

そういう諸々の条件が重なったのもあって、ここぞとばかりに作業に没頭した。

そうしてようやく翻訳が終わったのが、昨日の夜。正確には草木も眠る深い夜で、用を足しに起きたミューリと入れ違いにベッドに入り、久しぶりに机以外の場所で眠ることになった。目が覚めたら、一緒に街に出てくれないと泣き喚いてやる、とミューリに脅され、今に至る。

「ちなみに、買い物の残りはどのくらいなんですか？」

「ん？　一覧はこれだけど、もうほとんど終わりかな」

ミューリが手にしていた紙束を見ると、膨大な量の備品が書かれていた。

修道院と言われると、石造りの建物に聖典と蠟燭だけあればいいと思っていたが、とんでもなかった。

修道士が身にまとう衣服だけで、位階ごとに決められた服装が異なるし、帯に使われる色が異なる。なんなら布質も異なるし、そうなると使われる糸から違ってくる。その分だけ細かく分かれた仕入れをしなければならず、家具類も必要だし、蠟燭を置く燭台やらお祈りの際に焚く香炉やらといった必需品だけでも、数え上げれば呆れるほど種類があった。

修道院のあれこれについてはエーブが資金を出すことになっていたが、細かい備品の買いつけまでは面倒を見られないということで、ミューリがそれを引き受けていた。

買いつけた品の上には横線が引かれ、個数と価格と商人や職人の名前が記されている。

「……もう立派な商人ですね」

感嘆の呟きにミューリは眉をちょっと上げ、それから自慢げに笑う。

「えへへ」

久しぶりに太陽の光の下で見るミューリは、少し大人になったように見えたのだった。

「でも誰かさんのせいで、お昼はいっつも一人で食べてたんだからね」

ミューリはそう言って、こちらの腕を服越しに軽くつねってくる。

いつもわがままばかりのように見えて、こちらがなにかに夢中になっていれば、気を使ってそっとしてくれることもある。

恨みがましい目をしているミューリに、降参するように笑い、その手を握る。

「では今日からはまた二人ですね」

ミューリは宝石のような赤い瞳をぱっと見開いて、にこりと笑う。

「じゃあ食べたいものあるんだけど！」

「はいはい」

ミューリに手を引かれ、海鳥の鳴く港の青空の下を歩いていったのだった。


ミューリに手を引かれて赴いたのは、港沿いでよく見かける、なんでもかんでも油で揚げる露店だった。そこでは港で水揚げされる人気のない魚や、調理に使われた後のアラなどが油で揚げられ、格安で提供されていた。

節約の観念などないミューリは、もちろん、安いからという理由でそこを選んだのではない。

そこでは一抱えもあるような巨大な鰈の骨が、鉄製の鉤で吊り下げられ、煮えたぎる油をぶっかけられていた。どうやらそういう見世物のようで、いわば景気づけみたいなもの。

そこにミューリが買いつけの声を上げたため、店主は驚き、それから笑い、勇気ある娘様に拍手、などと言って客や見物人たちからも囃し立てられた。

「一人じゃ無理だと思ったから、兄様と挑戦したいなって」

満面の笑顔で言われたら嫌と言えないし、到底戦力にはならない気がするのだが、銅貨二枚を払って鰈の骨を受け取った。案の定胸鰭とあばらの骨数本で胸やけしてきた自分とは違い、ミューリには太めの骨の歯ごたえと油の甘さ、それにきつめの塩味がたまらないらしい。

人の少ない桟橋までやって来て、海に向かって腰かけると、ご機嫌な様子で足をぱたぱたさせながら、顔の三倍はあろうかという鰈の骨を頭からばりばり噛み砕いていた。

「見ているだけで胸やけが悪化しそうです……」

「んー？」

じっくり長時間、何度も油を頭からかけて揚げられた骨は、たっぷり油を吸い込んでいる。

ミューリの唇は油でてかてかで、胃腸にそこまで自信がない身としては、ミューリの頑丈さに敬意さえ覚える。

「ほら、パンも買ってきましたから」

「ありがとう！」

道中買っておいたパンをミューリは受け取り、油を拭い落とすかのようにかぶりついていた。

その様子に、狼の娘だ、と妙な感慨を抱きながら、ミューリの横に立ってパンをかじる。

空は見事に晴れていて、わずかに風がある港は平和そのもの。沖合には大きな帆を掲げた船舶がひしめいて、艀の群れと荷物のやり取りをしていた。

沖に浮かぶ大きな船のどれひとつをとっても、大変な苦労と冒険の果てにここまで航海してきたのだろうことを考えると、世界というのはきっと、想像以上に広いところなのだと思わせる光景だった。

「ねえねえ兄様」

鰈の骨も尻尾とそこに繋がるわずかの背骨を残すだけとなった頃、革袋の中の水を実に美味しそうに飲んでから、ミューリが言った。

「次はどんな街に行くの？　もっと南に行ったりする？」

言葉の最後に、けふ、というげっぷがつく。年頃の娘がはしたない、と顔をしかめても、笑って誤魔化された。

淑女の立ち居振る舞いを覚えるのは、ずいぶん先のことになりそうだ。

「どうでしょうね。ハイランド様が戻ってきたら、次の指示があるかもしれませんが」

「ふーん。今日くらいに帰ってくるかもってお屋敷の人たちは言ってたから、その時に聞けばいいか」

「え、そうだったんですか？」

思わず聞き返すと、ミューリは呆れたように肩をすくめていた。

「兄様は私がいないと世の中渡っていけないね！」

実際、諸事のあれこれをミューリに任せてしまっている面があるので、否定できない。

もう少ししっかりしなければと思っていると、ミューリは背中を丸めるようにしてばりぼりと骨をかじり、顔の形が変わるくらい頬張って咀嚼し、ごくりと飲み下していた。

「あ、そうだ、兄様」

「……なんですか？」

その食いっぷりにむずむずする胸を撫でていると、ミューリが言った。

「職人さんから聞いたんだけど、今日から大聖堂の前でたくさんお店が並ぶんだって」

「ああ、ようやくなんですね」

その話題は知っていた。

ウィンフィール王国は教皇に対する税の支払いを拒否し、教皇は報復として、聖職者たち全員に、王国での聖務停止を言い渡した。ラウズボーンの街も例外ではなく、大聖堂は数年間その門戸を閉じ、聖職にまつわるあらゆる仕事を放棄していた。

それがつい先日の騒ぎを経て門を開くことになり、数年ぶりに行われた礼拝には自分も参加した。街の人々は大歓声で礼拝の再開を祝い、大挙して人が押し寄せることとなった。

そういうわけで、大聖堂前の門前市も復活させようという話は聞いていた。

その再開が今日なのだろう。

「無駄遣いはしませんよ」

市と言えば露店であり、露店と言えば食べ物だ。

革袋から水を飲んでいたミューリは、口を離してこちらを見る。

「はあーい」

袖で拭い、なんとも信用できない返事をしたのだった。

ラウズボーンの大聖堂は、正面の扉が大きく開け放たれ、たくさんの人々がひっきりなしに出入りしていた。その光景は先日の礼拝でも見かけ、賑やかさに心温まったものだが、それはほんの序の口だったのだとすぐに理解した。

有名な羊料理店が立ち並ぶなど、そもそも賑やかだった大聖堂前の大広場には、ずらりと露店が並び、文字どおり人の海だった。

「すっごいね、兄様！」

大はしゃぎのミューリを前にややほっとしたのは、食べ物の露店が少なかったから。

ほとんどは礼拝用の蠟燭や、祈禱用の小さな石像など、信仰にまつわるものばかり。それでも教会と揉めている王国内の旅ではあまり見かけなかった商品なので、ミューリは興味深そうにしていた。

特に教会の紋章が織り込まれた壁掛けや、手袋、外套、それに頭巾などを売る店にご執心で、信仰心の欠片もない代わりにお洒落に熱心なミューリは、房飾りがたくさんついた頭巾をかぶってみたり、教会の紋章が赤く染め抜かれたショールを肩に巻いたりしてご機嫌だった。

お説教は馬耳東風だが、お洒落から入る信仰もあるだろうかと思い、「どれか買いましょうか？」と水を向けると、ミューリは首を横に振ってショールを店主に返していた。

「んー ん。兄様のお財布に負担をかけちゃいけないと思うから、いらない」

ショールを返された店主は、ミューリの様子に健気なものを感じて心を打たれているようだったが、もちろんこちらとしては苦笑いしか出ない。

「それを食べ物の露店の前でも言ってくれたら嬉しいんですけど」

自分の左手を摑むミューリに言うと、お転婆娘は肩をすくめていた。

「それじゃあ意味ないじゃない。美味しい食べ物のための節約なんだから!」

いまさら驚きもしないが、ため息は出る。

「まったくあなたは……」

「えへへ」

悪戯っぽく笑って身を寄せてくるミューリだが、こうも言った。

「それに、本当に見たいお店は別なんだよね。職人さんは、大聖堂前にお店が出てるって言ってたんだけど……」

「買い食いはしませんよ」

無駄な抵抗だと思いつつ釘を刺すと、ミューリはいーっと歯を剝いて見せてから、不意にその場でぴょんと跳ねた。

「あった!」

と、こちらの手を引いてぐいぐい歩き出す。

たどり着いたのは、親指大から手のひら大までの布類を扱うお店だった。

「ここは……」

ミューリは今にも耳と尻尾が出てきそうな勢いで、店に並べられた無数の布切れに顔を近づけている。厚めに織られた毛織物もあるし、薄手だが頑丈そうな麻布もある。そこにはお決まりの教会の紋章以外にも、男性や女性の顔、それに少なくない動物が描かれたり織り込まれていた。

それらはすべて、ひとつの目的のためにある。

「お守り、ですか。なぜこんなところに？」

ミューリは教会への信仰心など持ち合わせていないし、守護聖人に頼るような性格でもない。

熱心にお守りの布を見ていたミューリは、そのうちの一枚を手に取って、こちらに見せた。

「ねえねえ、見て兄様、亀さんだって！」

そこには船の帆を咥えた亀の絵が描かれていて、こんなお守りがあっただろうかとやや驚く。

自然物への崇拝は異教信仰に繋がるため、教会はあまりいい顔をしないはずだが……と思っていたら、店番の若い商人が声をかけてくる。

「それはユラン騎士団の紋章だ。海戦に長けたと言われる、かつて王国に存在した古い騎士団でな。海難守護にぴったりだよ。ついでに海賊避けにも最適だ！」

騎士団の紋章。

そんなものがお守りになるのかと驚いていたら、ミューリが店主の話に食いついた。

「それそれ！　紋章を見に来たんだ！　ほかにはどんなのがあるの？」

「ほほう、それならこっちに色々あるよ、より取り見取りだ！」

商機ありと見たのか、店主が奥から木箱ごと取り出してくる。そこには多種多様な布切れが詰まっていて、呆れるほど多くの種類の紋章が染め抜かれていた。

「へー、すっごい！　ねえねえ、これって全部騎士団の紋章なの？」

目を輝かせたミューリの問いに、店主はごほんと咳払いをしてみせた。

「かつて王国にはたくさんの騎士団が存在した。その理由はご存知か？」

芝居がかった物言いに、ミューリはわくわくと首を横に振る。

「では一興。ここウィンフィール王国は、はるかな昔、蛮族に支配された暗黒の島だった。そこに古代の帝国を統べる大王が、教会の兵士と共に騎士団を編成して乗り込んだのが、王国に繋がる長い物語の始まりだ」

「へー！　兄様、知ってた⁉」

王国の歴史は聞きかじった程度だ。ミューリを落ち着かせるようにその頭を押さえてから、店主に目配せする。店主は心得たとばかりに、すっかり語り部の体で口を開く。

「えほん！　古代の帝国を統べる大王と、教会からやって来た精鋭の騎士たちといえど、島から蛮族を追い出す戦は激烈を極めた。なにせ王国の中には四つの世界があると言われるくらい、土地によって環境が異なるからだ。当時はその土地ごとに王が複数いて、群雄割拠の状態だった。つまり北を治める雪と氷の戦に長けた王たちと、東を治める海戦に長けた王たち。さらに南の王たちは平原での戦に長け、西の王たちは峻厳な岩山での戦に長けていた。そのどれもが違った戦い方をして、得意なことが違っていた。それゆえに大帝国と教会の騎士たちもそれに合わせ、長い戦いの中で分裂していった。その時にそれぞれの騎士団が用いていたのが、この紋章さ」

自分も知らなかった王国の歴史に、ミューリからは今にも尻尾が出てきそうだ。

「もっとも、各地方の騎士団は今の王様のご先祖様に統一されたから、残っているのは紋章だけだがね」

「そうなんだー……えー、どれもかっこいいなあー」

ミューリの様子に店主が得意満面なのは、お国自慢みたいなものだろう。

「ねえねえ、紋章って全部意味があるって聞いたんだけど」

「ああもちろん。たとえばこれ、盾の前に鹿の絵があるだろ。王国の西のほうで、山間の砦を守っていた騎士団のものだ。盾は防衛を、鹿は山道に強いことを表している。天辺にある帯に書かれているのは信条で、四辺に置かれている小物は身分や家系を示している。これは右下に聖杯があるから、教会関係者、んで、こっちは……」

そんな説明に、ミューリは熱心に聞き耳を立てている。こういうことにばかり興味を示して、と呆れつつも、なぜここに来たがっていたのか理由が分かった。

「私も紋章作りたいんだけど、どうしたらいいかな」

何日か前、修道院規則やらを作るために大聖堂と屋敷を毎日往復し、寝る間も惜しんで作業していた時のことだ。シャロンたちの修道院は新設のため、新しく紋章を起草する必要がある、という話になった。冒険譚が大好きなミューリなので、紋章の起草という話は野良犬に骨付き肉を見せるようなもの。しかし紋章の制作は看板の制作とは違う。まともに取り合うと大変なことになりそうだったので、結局、木の板と蠟、それに木のペンを渡して好きに描かせることで誤魔化した。

「なんだい、将来の自分の店用か？」

ミューリは商会の小僧の格好をしているので、店主もそう思ったのだろう。

「まあそんなところ。それでいろんな図柄を参考にしたくて」

「うーん……自分で真っ白なところに描いていくのはなかなか難しいと思うがね」

「そうなの？　やっぱり職人さんに頼んだほうがいいかな。自分だと上手に描けなくて……」

「いや、そうじゃなくて」

商人は言って、頭を搔いてから一枚の布切れを手に取った。

「たとえばこれ、王国で一番有名な紋章だが」

「羊さん？」

「ああ。王国の黄金羊騎士団の紋章だが、この羊の図柄を好き勝手に使ったら……これだ」

商人は自分の首に手刀を当てる。

「紋章は身分を示すものだからな。王家の紋章を勝手に利用したら、一族郎党まるごと処刑されてもおかしくない。このお守りなんかも本当の紋章とは違う形式でな、お守り用に許可されたものなんだよ。たとえば信条が違ってるし、配置されてる小物類も違う。右下にラウズボーンの街を示す紋章があるだろ。この図柄を売るためだけでも、特別な許可がいる」

「へー……」

「適当に紋章を作って意気揚々と掲げていたら、うっかりどこかの貴族様のとかぶって大惨事、てなもんだよ」

「かぶってたら、ばれちゃうもの？」

「そらそうだ。大きな街に行くと、大抵紋章官がいて、ちょいちょい見回ってるからな。それに貴族のように紋章を掲げてたら嫉妬も集まる。簡単に密告されるんだよ」

世の中の面倒くさい仕組みに、ミューリは顔をしかめていた。

「まあ、この露店を構えるだけでも大変だから、店の看板じゃなくて、紋章を掲げるような商会を持つなんて、夢のまた夢だがね。それでも夢見るのは勝手だし、ぜひ参考に一枚どうだい？」

店主の売文句に、ミューリはやや意気消沈した様子ながら、お目当ての一枚を探し始めたのだった。

ついさっきあれだけ大きな鰈の骨を平らげ、さらにパンも食べていたというのに、ミューリは大聖堂前の巨大な石段に腰掛けて、蜂蜜にくぐらせた堅いパンをかじっていた。

とはいえ意気揚々とした様子ではなく、もそもそとかじってはため息をつき、また一口かじるといったふうだ。甘やかすのはよくないと思いつつ、意気消沈したミューリを見ていたら、甘いものを買い与えずにはいられなかった。

ミューリがこうなった原因は、ふたつ。

ひとつには、紋章の利用にまつわるとても面倒な世の中の仕組みというものに直面したから。

もうひとつは、あれだけたくさんの種類があるお守りの店で、ミューリのお目当てが見つからなかったからだった。

「鷲はあったのに……鷲はたくさんあったのに……」

ぶつぶつと言って、ミューリはうつろな目で石段の先を見つめている。あのお守りを売る露店には、それこそ想像しうるすべての図柄がありそうな勢いで、鹿や亀のほか、定番の獅子などがあり、変わったところでは兎や魚まであった。さらには最近新しく作られるようになったという、百合やオリーブ、月桂樹といった植物の紋章も少なくなかった。

ミューリはそれらを隅から隅まで探し、こう尋ねたのだ。

——狼はないの？

店主はきょとんとした後、大笑いした。なぜならここはウィンフィール王国、世に聞こえた羊の名産地。王を守る直属の騎士団は、その名も黄金羊騎士団なのだから、その天敵である狼の紋章があるはずもない。

大昔の古代の帝国時代ならば、その神秘的な強さが貴ばれていたものの、今では家畜を襲い、人を傷つけるということで、勇猛さを売りにする傭兵団が好んで用いるような立ち位置になっているらしい。貴族で利用しているのは、家系が古代の帝国にまで繋がる、ごく一部の古い家柄だけだという。

一方で、ミューリが鶏と呼んでいがみ合っているシャロンのような、鷲を用いた紋章はたくさんの種類があって、今なお人気の図柄らしいとわかって余計に落ち込んでいた。

「紋章にも流行り廃りがあるんですね」

当たり障りのないようにそう言うと、ミューリは大きく息を吸って、ため息をついていた。

そんなミューリに苦笑しつつ、こう続けた。

「狼の紋章は少なくても、看板ならそうでもないじゃないですか」

特に温泉郷ニョッヒラでは、数多の老舗を抑えて狼の看板を掲げた湯屋こそが一番人気と言われている。

とはいえミューリにとっては、そういうことではないらしい。

「看板なんて嫌……」

しわがれた声で、ぼそぼそと言った。

「あの紋章の形式が格好いいのに……」

お守り屋の店主が説明してくれたように、紋章には決まった形式がある。由来になる動物や植物などの象徴、その紋章を使う者たちの信条、そして彼らがどういった来歴の人物であるかを示す種々の小道具。

確かに形式ばった儀式になにか言い知れぬ迫力があるように、形にこだわらない看板と紋章では明らかに違う。

「それに、自由に使えないなんて知らなかった」

どこの誰であるかを示す紋章は、実際に誰もが自由に使えたら意味がない。

ミューリはふてくされて、ざくざくと、パンに八つ当たりするように嚙みついていた。

冒険譚が大好きで、とりわけ騎士が出てくるものだと色めき立つ。

そんなミューリなので、紋章にも強い憧れがあるのだろう。

子供は色々なものに執着するものだ、と面白く思いながら、身じろぎした拍子に胸元で揺れ動くものに気がついた。それは教会の紋章だった。

正しき信徒であれば、必ず身に着けるもので、自分はその紋章を手に取り、振り向くように人々はそれを見て、手元の紋章を握ることで、神との繋がりを感じ、信仰を新たにする。

　そこには石造りの大聖堂がそびえ立ち、正門の真上の屋根にも紋章が掲げられている。

　ならば——。

顔を上げた。

「兄様？」

　はっと我に返ったのは、ミューリに声をかけられたから。

「どしたの？」

　すぐ物思いに耽ってしまう癖があり、ミューリはその自分の癖をちょっと怖いものとして認識しているらしい。猫がなにもない場所をじっと見ているのに出くわして、人が感じる不気味さと同じ、と説明されたこともある。

　今も少し首をすくめ気味にしていたミューリに、表情を緩め、顔に手を伸ばす。

「口に蜂蜜がついてますよ」

　人差し指で拭ってやると、ミューリはうるさそうに片目を閉じる。

「紋章、作りましょうか」

「え？」

　きょとんとしたミューリに向けたのは、純粋な笑顔ではなかった。

「紋章です。欲しいんですよね？」

ミューリは言葉が喉につっかえるくらい喜びかけて、ふと動きを止める。

「……な、なんで、急に？」

羊の串焼きひとつとっても、無駄遣いはだめだ、食べすぎだ、と口うるさく言われるのだ。ひどくややこしい決まりごとがあるらしい紋章を作るだなんて、どんなことを引き換えに要求されるのか。

警戒するミューリに苦笑いし、白状した。

「あなたの気持ちに、応えられていないじゃないですか」

「へ……ん……え？」

「私の中ではあなたはやっぱり妹ですけれど、血は繋がっていないわけですし、あなたは妹は嫌なんですよね？」

ミューリが急に泣きそうな顔になったのは、突然こんな話をされて不安になったからだろう。

もしかしたら、旅の終わりを想像したのかもしれない。

しかし、逆に言えば、それだけこの問題は解決できない、と思われていたことになる。

ミューリの気持ちは、幼い子供の一時的な思い込み、と呼ぶにはあまりに失礼なくらい真摯なもの。問題を棚上げされて、ミューリはとても辛い気持ちだったに違いない。

諦めという蓋で隠されていたのはきっと、今まさに目の前にあるミューリの想いなのだから。

「紋章は、決まりごとによって守られています。一度定められた紋章は、まったく同じ物を使うことは誰にもできません」

　店主からされた説明を補足すると、ミューリは身を縮めるようにしながら、上目遣いにこちらを見る。

「紋章の使用許可は、特権というものによって守られています。たとえば貴族様や町の参事会から、使用する人に特別な許可が与えられます。ですから、私たちのために紋章を作れば、それを使えるのは世界で私たちだけです」

　その言葉に、ミューリが目を見開いた。

　人が呆気に取られて動きを止める様子を、魔女がくしゃみをした、と表現する慣用句がある。

　ミューリはそれくらい、完璧に動きを止めて、彫像のようになった。

「いかがでしょう。私はなにがあっても、あなたの味方だと誓いました。それを結婚のような形では保証できませんが、この紋章ならその代わりになると思いました。これからもあなたとは旅を続けていきたいですが、ひとまずの区切りと——」

　そこまで言ったところで言葉が途切れたのは、ミューリに飛び掛かられたから。

　まさに狼のごとく、前触れもなにもなく、気がついたら空が反転し、倒れていた。

　首に縋りつき、こちらの肩に噛みつかんばかりに顔を押し当てているのは、感動のせいもあろうが、必死に耳と尻尾が出ないように我慢していたのかもしれない。

　なんとか体を起こせば、通りすがりの商人から奇異な目を向けられたが、日当たりの良い大聖堂前では、逢瀬を楽しむ若い二人組が珍しくない。

それに、ミューリがこれだけ喜んでくれたのなら、世界中の人間に笑いものにされたって平気だった。

ミューリの小さな体を抱きしめ返し、耳元で言った。

「二人だけが使用できる紋章です。これなら、あなたがお嫁に行ったとしても、嫁入り道具のひとつとして、特権という形で持っていけますからね」

その言葉に、ミューリは溶けて落ちてしまいそうな赤い瞳で、こちらを睨みつけた。

「兄様以外の人と結婚なんてしないもの」

それだけは絶対だ、とばかりに睨むミューリの目からはやがて力が抜け、顔をうつむかせると両袖で顔をごしごしと拭う。

そして顔を上げれば、もう笑っていた。

「でも、嬉しい。兄様、ありがとう!」

ミューリに微笑み返すと、もう一度こちらに抱き着いてきた。

尻尾が出ていたらさぞ盛大にぱたぱたしていただろうと思わせるところだったが、ミューリはひとしきりこちらに抱き着いた後、息継ぎをする水鳥のように顔を上げた。

「でもさ、どうやって作るの?」

「ん?」

「紋章って、貴族様の許可？　みたいなのがいるんだよね？」

そんなミューリにやや呆れたのは、ミューリが冗談ではなく疑問に思っていそうだったから。

それは、普段から権威など本当に気にしていないことの現れだった。

「なに言ってるんですか。私たちは誰のおかげで、ラウズボーンの綺麗なお屋敷に泊まれているんですか？」

「……あっ！　金髪！」

ハイランドは正真正銘の王族なのだ。

頼めば紋章の使用許可のひとつやふたつ、きっと出してくれるはず。

そう思ったのだが、ミューリの頬をつねるのも忘れない。

「金髪ではなく、ハイランド様」

「ひ、ひゃいあんほはは……」

「まったくもう」

たいして力も入れていなかった手を離すと、ミューリはわざとらしく痛そうに頬を撫でてから、また噛みつくように抱き着いてくる。

あれこれ忙しい少女だと、呆れるような笑ってしまうような感じだった。

「ではお屋敷に戻りましょうか。今日の夜にはハイランド様が帰ってくるんですよね？」

「あ、そうだ！　紋章の図柄を決めないとね！」

「すぐに決める必要はないと思いますけど」

「ほら兄様、早く立って！　お屋敷に戻らないと！」

立ち上がると、そう言ってこちらの服を引っ張ってくる。

元気になってくれて良かったたし、ほんの少しは責任を果たせたと思う。

ミューリに手を引かれて石段を下りる間際、振り向いて聖堂を見る。

神に感謝をして、ミューリの後を追いかけたのだった。


ベッドにうつぶせになり、足をぱたぱたさせながら木の板にひいた蠟に紋章の図柄を描いていたミューリは、馬車の気配に気がつくと耳をピンと立ててベッドから飛び降りていた。

最近はだいぶ打ち解けてきたにしても、ハイランドはまだどこかミューリとの間に距離を感じていたはず。それが馬車を降りたらいきなり笑顔のミューリの出迎えを受け、嬉しそうにしつつも、ひどく戸惑っていた。

ミューリは荷物の運び入れまで率先して引き受けて、ハイランドはなぜかそれを手伝おうとして下男たちに止められていた。

なんだかその様子が申し訳なくて、「実は折り入って頼みたいことが」と伝えると、ハイランドはようやく理解したようだった。

「ああ……なるほど。何ごとかと思ったよ」

ハイランドはむしろほっとしたように安堵してから、楽しそうに笑った。

「ということは、あれが世に聞く、おねだりのためにお手伝いをする子供、というものか」

せっせと荷物を運ぶミューリを見やり、ハイランドは優しげに笑う。自分は恥ずかしさで消え入りそうだ。

「私が子供の頃、何度か父が家に来た」

「?」

不意の言葉に顔を向けると、ハイランドは遠い目をしていた。

「可愛げのない子供だと言われたものだ。私は本家の人間ではないから、精一杯自己を律した立派な姿を見せようとしたのだが、素直に甘えるのが正解だったようだな」

ミューリは素直というより、単に失礼な気もするのだが、ハイランドは古い課題の答え合わせをするかのように、ミューリの様子を眺めていた。

「本当は私も甘えたかったのだがね」

ハイランドは王族ではあるが、非嫡出子だった。よくある話では、はした金を握らされた母親と共にどこかの村に放っておかれるとか、王位継承で問題を抱えている国ならば亡き者にされるという立場だ。

傍系とはいえ王族に連なる家を継がせてもらえたのは、ひとえにハイランドの優秀さゆえだろうが、我慢したこともたくさんあるはず、とその様子から窺えた。

「ああ、いや、つまらない話をしたな」

「いえ、そんなことは」

どんな言葉をかけても失礼になると思い、そう答えるにとどめた。

「しかし、どんな頼みごとなのかな。すごく楽しみだ」

「あ、えっと……」

「いやまだ言わなくて結構。ふふ。強面の大貴族たちが甥っ子や姪っ子にでれでれしている様子を不思議に思っていたが、なるほど、こういうことか」

ハイランドは嬉しそうに感じ入っていた。

「私からも吉報……と言えるかどうかわからないが、君に伝えたいことがある。また夕食の時に」

伝えたいこと、と言われてやや緊張したが、悪い話ではなさそうだ。

「畏まりました」

そう返事をすると、ハイランドはすぐに視線をミューリに向けてしまう。せっせといい子の振りをするあざといミューリに、それも含めて楽しくて仕方がない、といった様子だった。

それから後、夕食の席上で紋章の件を持ち出した。

ハイランドは難色を示すどころか、言葉を失うほど驚き、喜んでくれた。

特にミューリの恋心と自分の信仰を知っているので、紋章の持つ意味にもすぐに気がついていた。まるで結婚の立ち合いのようだ、と言いかけさえして、ミューリは強く同意し、自分は否定することになった。

とにかく紋章の使用特権の下賜は問題なく、ハイランドは神妙に改まって、請け負おう、と宣言してくれた。

商人のように契約書やら、握手を交わす必要はない。

高貴な身分の人物による約束は、その一言でのみ果たされるのだ。

ミューリも大喜びして、ハイランドは嬉しそうにそんな様子を眺めていた。

それからおまけとばかりに、ハイランドからは宮廷の様子が説明された。ラウズボーンにて教会との戦の可能性が持ち上がってしまったことで、教会との争いには慎重論が多く説かれていたということだった。

特に薄明の枢機卿の登場により、世間の風向きが大きく変わったことによる影響は、良いものも悪いものもあるという。良い面は、教会への風当たりが強くなり、大陸側では自ら改革を始め、溜め込みすぎた財産を放出する教会なども出ているということ。

悪い面は、これ以上急激に攻めると、教会側の強硬な反発が予想される、ということだ。

そのため、拙速に教皇を刺激して戦を招くよりも、パン生地のようにいったん寝かせたらどうか、ということになったらしい。教会という組織が自ら変われば、教皇も考えを改めるだろうからと。

そこで、しばしの休戦が採択された。特にハイランドには、薄明の枢機卿を名指しで、おとなしくさせるように、との命が下されたらしい。

ハイランドは、自分たちが雑兵ではなくきちんと認識された戦力だということにむしろ嬉しそうだったし、自分も武者震いのようなものを感じてしまった。

とはいえ俗語翻訳のこともあったし、ミューリの紋章のこともあって、休暇はとてもありがたかった。

晩餐はこうしてつつがなく進み、ミューリがハイランドに酌をする場面などもあって、笑いの絶えない時間となったのだった。

やや飲みすぎてしまった夜の翌日、目を覚ますと木窓の隙間からかすかな曙光が差し込んでいた。時刻は朝課の礼拝の頃で、日々の習慣と信仰から自然に目が覚めた、と言いたいところだったが、朝課の礼拝を告げる大聖堂の鐘の音を久しぶりに耳にしたからだ。

木窓を開けるとやや肌寒いが、海沿いの街特有のもやの中、荘厳な鐘の音と合わされば心地良かった。やはり街中では鐘の音がないと寂しいものだ。

木窓の前に膝をつき、祈りを捧げ、今日もまた一日が始まったことに感謝する。

余韻を残すように鐘の音が消えてから立ち上がって、さて、とため息をつく。

「ミューリは朝から一体どこに？」

目を覚ました時には、すでにベッドからいなくなっていた。

夜中に勝手にこちらの毛布に潜り込んでいたことは、尻尾の抜け毛が残っていたのでわかるのだが、旅立ちの日でもないので、早起きの理由がわからない。

お腹がすいて、朝ご飯を催促にでも行ったのだろうかと思い直し、椅子を引いて文机に腰掛ける。用意したのは、聖典翻訳のための道具ではなく、手紙用の薄手の紙と羽ペンだった。ラウズボーンに着いてからは大混乱の連続ですっかり間が空いてしまったが、ニョッヒラへの手紙をそろそろ書かなければならない。

特にハイランドからは紋章の使用の件で許可をもらったので、その報告も必要だ。特権の下賜とはある意味、その特権を発行する者と強い繋がりを持つことでもある。しかもよくある商いの特権などではなく、紋章の使用許可なのだ。

これが戦の火が華やかなりし頃ならば、王族に連なる家臣としての身分を得たと言っても過言ではないし、村から出世を目指して飛び出した若者なら、胸を張って故郷に帰れるというようなことだろう。

もちろん、下賜される紋章を使ってなにかをする、というようなことは考えていないと、ハイランドにきちんと説明している。それはあくまで、自分とミューリとの間の確認ごとなのだと。

とはいえそれは同時に、ロレンスやホロにも報告すべきことだろう。

「しかし……」

と、羽ペンを握ったまま、止まってしまう。

さてニョッヒラにいる彼らにどのように報告すべきなのだろうか。

ハイランドは紋章の件を話すと、たちまち込められた意味に気がついていた。

では、ミューリの父親であるロレンスにそのことを報告したら、どうか？

これまでの手紙では建前上、ミューリが世の中を見て回りたがっているとか、ミューリにとても助けてもらっている、といったことが旅の同行の理由だった。

もちろん、母親のホロのほうはミューリの気持ちを知っていて、面白がって送り出した感があるので、ミューリの気持ちはとっくにホロからロレンスへと説明がされていてもおかしくない。しかし、だからといってミューリが自分に恋心を抱いていることを、自分からロレンスにはっきりと伝えていいものかどうかは、大変悩ましい問題であった。

では紋章に込めた意味には触れず、さらりと伝えるだけに留めるべきかというと、それもおかしい気がした。なぜならその説明では、いきなり紋章？　ということになってしまい、大切なところを誤魔化すのと同じで、不誠実な気がした。むしろロレンスがミューリの恋心を知っている場合、説明がないことで、かえって要らぬ誤解を招くとも限らない。

羽ペンを手に紙の前で考え出すと、だんだん不安になってきた。

ミューリと二人だけでしか使えない紋章。

思いついた時には名案だと思ったのに、ものすごく意味深く、なんとなくふしだらでさえあるような気がしてきた。

ミューリはきっと紋章を大切にしてくれる。

それだからこそ、余計に。

「いまさら取り消せないですよね……」

ミューリは怒り狂うだろうし、ハイランドはがっかりするだろう。

あるいは単に考えすぎだろうか、と唸っていた時のことだった。

「あー、お腹すいたー！」

扉を勢い良く開けて、ミューリが部屋に飛び込んできた。

心臓が口から飛び出そうなほど驚いて、羽ペンを取り落としてしまう。

「ん？　どうしたの、兄様？」

ミューリはきょとんとして、「急に扉を開けないように……」と答えることしかできなかった。

「それより兄様、朝ご飯食べに行こうよ！　お腹すいちゃった！」

そう言うミューリは商人風の格好で、手には紙束を持ち、耳に羽ペンを挟んでいる。

「もしかして、夜明け前から買いつけに行ってたんですか?」

「兄様、港の朝は早いんだよ」

羽ペンの先を突きつけられてしまう。

「職人さんも日が昇るまではのんびりしてるからね。修道院の備品買いつけの残りを片付けてきちゃった」

「えーっと……ご苦労様です……」

ややためらいがちになってしまうのは、なぜ早起きしてまで片付けてきたのかがわからなかったから。むしろラウズボーンにしばらく滞在することになったのだから、昼まで寝ているほうがミューリらしいのに。

格好いいからという理由できつく締めている腰帯を緩めたり、雑にくくっていた髪の毛を解いたりしている様子を眺めていたら、そのミューリはこう言った。

「兄様、朝ご飯食べたら出かけるよ!」

「出かける? どこに?」

ミューリは腰に手を当て、満面の笑みを見せた。

「市政庁舎!」

なぜそんなところにとか、そもそもそんな単語をいつ知ったのかとか、諸々の疑問は朝食の席で説明されたのだった。

太陽が昇り、海から漂ってくるもやが晴れ始める頃、自分とミューリ、それにハイランドと従者の四人連れで、街の広場沿いにある市政庁舎にやって来た。大聖堂前では朝の礼拝に来た人たち向けの露店がすでに出ていて、今日も賑やかな一日になりそうだ。

「では、私はこちらで手続きの確認をしてこよう。紋章特権の下賜など初めてだからね」

「畏まりました」

「お昼は〝黄金の羊歯亭〟だよね？」

ミューリの問いかけに、石畳の廊下を進もうとしていたハイランドが振り向き、悪戯っぽく片目をつむってみせていた。

「ほら兄様」

ミューリに手を引かれ、自分たちはハイランドとは逆の方向に進んでいく。

そこは大聖堂や、人気の羊肉料理店〝黄金の羊歯亭〟が立ち並ぶラウズボーンの広場にありながら、外の喧騒とは隔絶された重厚な空間だった。建設されたのは二百年以上前という総石造りの建物で、内部には石と時の重さがみっしりと詰まっていた。

ラウズボーンの市政を司る市政庁舎の一部であり、紋章を管理する部門があるのだ。ハイランドは新しい紋章の申請をする手続きの確認のために、ミューリは紋章の図柄を決めるため、やって来たのだった。

「本の取り扱い経験はございますかな」

教会を思わせる青銅の扉の前で、書庫の管理を司る紋章官にそう尋ねられた。長めに伸ばした髭を卵白で固めた、いかにも高位の役人然とした人物で、ミューリが髭に触りたそうにうずうずしているのがわかった。

「聖典の筆写の経験があります」

「ほう、それは神もお喜びになられることでしょう。結構、結構」

紋章官はそう言って、大人の手にも余る大きな鍵で扉を開け、中に入れてくれた。

「うわ……」

その瞬間、ミューリが息を吞むのとは違う、ちょっとした恐怖さえ窺わせる声を上げた。

そこはさして広くない空間なのだが、身長の三倍から四倍はあろうかという高さの天井まで、床からびっしりと書物が詰まっていた。床は五角形に近く、天井を見上げると書物の井戸に落ちたような感覚になる。

上のほうのものは移動式の梯子に乗って取るらしいが、自分はちょっと自信がない。

「調べる際は必ずその机で広げ、本を持ったまま広げないように。案内図はあの壁に。おおまかな紋章の一覧はあちらのタペストリーに」

「わかりました」

紋章官は満足げにうなずき、「ごゆっくり」と言って部屋から出ていった。

「紋章って……全部でいくつあるんだろう？」

ミューリはようやく我に返ったように、そう言った。

「王国だけで、四千から五千くらいだそうですよ。すごい数ですね」

「うわー……そんなにあるんだ」

「大陸の家系を含めると、十万を超えると聞いたことがあります」

ミューリはその数の想像がつかないようで、曖昧に笑っていた。

「とはいえ図柄はほとんど似ていますから。細かく変わるのは信条や、四隅に置かれる小物です。おおまかな図案はこっちでも見れますよ」

紋章官が示してくれたタペストリーは古びた真鍮製の板に貼りつけられ、少し陰になるところにひっそり置かれていた。

「羊さんが一番大きい」

横向きに描かれた、肩の筋肉が盛り上がる立派な体躯と巨大な角を持つ、伝説上の黄金羊。現王家の基礎となる図柄だ。

「兄様は会ったことあるんだっけ」

他に誰がいるわけでもないが、ミューリが声を潜めて尋ねてくる。

「はい。固い信念を持たれた……そうですね、イレニアさんのような方でしたよ」

前の港町で出会った羊の化身イレニアは、ミューリに初めてできた人ならざる者の友達だ。そのイレニアに似ていると言われて嬉しそうにしていたが、こう付け加えることも忘れない。

「似ているのは強いところが、です。見た目はおじいさんです」

「あ、そうなんだ……」

また友達ができるかも、と思ったらしい。

「あ、亀さん。これはユラン騎士団だって言ってたね」

聖堂前に出ていたお守り屋の露店で見かけた紋章もずらりと並んでいる。ユラン騎士団のものと同じくらいの大きさで、鹿や兎が黄金羊の足を支えるように並んでいるので、かつて王国に存在した騎士団の紋章ということだろう。

「鷲がある」

ミューリが嫌そうに示したのは、羊の両脇に並ぶもので、タペストリーの中では羊に次いで大きい。有名な家系の紋章なのだろう。

「鷲だと……この棚からこの棚まで、全部関係するみたいですね」

部屋の中はかなり暗いため、壁に張られた書棚の案内図は皆が指さし確認するのだろう。手垢がしみ込んで、古の地図のようになっている。

かすれかけた文字をたどれば、鷲の図柄を使う紋章の多さに目を見張る思いだった。

「権威の高い羊の紋章より多いかもしれませんね」

せめてもの慰めとして言ったつもりが、ミューリはますます不満を募らせていた。

「えーっと……ほら、狼もありますよ」

案内図の最初のほうに、狼の文字がある。

使用されている棚は、床から天井まで一続きになっている棚が一列、の縦半分、を横にさらに半分にした大き目の棚の、左隅のほうだった。

「少ない！」

ミューリは嘆くように言ったが、結局一冊をゆっくりと引き抜いて、抱えるようにして書見台まで持っていく。剣も弾きそうな堅い革の装丁で、乾ききってひび割れている。

小口に取りつけられた鎖もぼろぼろで、長い年月誰も開いていなかったことを示すように、頁をめくると黴の臭いがした。

「わあっ」

しかし好きなものの前では黴の臭いなど全く気にならないらしい。

ミューリは目を輝かせると、たちまち耳と尻尾を出していた。

慌てて引っ込めさせようとしたが、そうしなかったのは、ミューリの姿にそれだけのものがあったから。

狼の血を引き、人ならざる者として生を受けた少女は、自身の血の秘密を知らされた時、この世で一人ぼっちになってしまったと泣いていた。

けれど人の世では、狼の紋章を掲げ、それを家の象徴にしていた者たちがいる。今では数を減らしてしまったものの、決して少なくない数の人々が、狼の強さと神秘性とで、家の名を輝かせていたのだ。

ミューリにはそのことが、勇猛に描かれた狼の図柄から、痛いくらいに伝わったのだろう。人が体の内側から感動している姿を見るというのは、なかなかあることではない。

そこに水を差すなどというのは、とてもできることではなかった。

そんなミューリの様子をじっと見守り、どれくらい経った頃か。

ミューリは不意に目尻を袖でこすってから、なぜか恥ずかしそうに笑っていた。

「この人たちってさ」

と、そんなミューリが言った。

「ルワード叔父様のところみたいに、母様のお友達に出会ったりしたのかな」

ミューリの名は、賢狼ホロの友の名を継いだもので、またその友の名を今まで世に伝えてきた傭兵団にもちなんでいる。ルワードはミューリ傭兵団の長であり、ルワードの父の父の父、と遡って始祖までいけば、実際にミューリという巨大な狼と共に戦地を駆け巡った者に行き着くという。

その経緯から、団の旗印は狼だった。

「かもしれませんね。家系の中興の祖と呼ばれる方たちは、紋章を採用するにあたって関わりの深い図柄を選ぶことが多いと言われています。古い時代に、あなたのお父様やルワードさんの祖先の方のように、きっと狼と力を合わせて家を興したんですよ」

この部屋にあるのは、そういう古い時代、まだ精霊が当たり前に森にいて、人と関わることの多かった頃の物語の残滓だった。

ミューリもそのことに気がついたのか、顔を上げると、書物の井戸の底で息を呑んでいた。

ここはまさに圧倒されるような時間の澱が降り積もった、偉大なる物語の棲家なのだから。

「どんな狼さんだったんだろ」

ミューリは言いながら、狼の紋章の毛並みを指で軽く撫でる。

「もしかして母様だったりして」

「あり得ないわけじゃない、というのがすごい話ですよね」

眩暈がするような途方もない話だが、隣でミューリは銀色の尻尾をふわふわさせているのだから、自分はとんでもない世界の秘密を目の当たりにしているのだなと笑ってしまう。

「あー、でも」

頁をめくっていると、ミューリの三角の狼の耳が、急に力なくへこたれた。

「この狼さんたちは、もういないかもしれないのか」

「え？」

尋ねると、ミューリは心に蓋をするように、大きな本をゆっくりと閉じた。

「月を狩る熊」

あっ、という気付きの声を上げることもできなかった。

かつて多くの精霊たちと戦い、森と夜の時代を終わらせたという伝説の熊。

ロレンスがホロの故郷の仲間のことを調べた限りでは、ホロの仲間はその熊との戦いで没したのだろうという話だった。

そして、おそらく月を狩る熊は、この書庫にある紋章の元となった精霊たちをも、少なからず屠ったはず。

「あーあ、嫌なこと思い出しちゃった」

ミューリは狼の血を引く者として、月を狩る熊を仲間の仇と思っている。その時代を生きた当の賢狼ホロのほうが、恨みもなにもいまさらないという感じだったのだが、このあたりは若さということもあるだろう。

できればそんな暗い場所に引きつけられて欲しくないが、自分には踏み込めない領域でもあった。

なんと言葉をかければいいのか考えあぐねた末、ミューリの背中にそっと手を当てた。

ミューリがこちらを見て、視線が合う。

赤くて大きなミューリの瞳は、薄暗闇の書庫でもなお輝いている。

「兄様、そんな顔しないで」

ミューリは困ったように笑い、顔を近づけて頰と頰を重ねてきた。

「兄様のそういう顔、ずるい」

「いえ、ですが」

茶化すミューリに、言葉を続けようとした矢先のこと。

ミューリがふと身震いしたかと思うと、耳と尻尾が消える。

そして間を空けず、扉がノックされた。

ミューリはさっさと椅子から立ち上がって、本を棚に戻して新しい本を手に取っている。

仕方なく扉のほうに向かい、開けた。

「ハイランド様」

「書庫はどんな感じだ？」

扉の前から横にずれると、ハイランドは中を覗き見て、興味深そうなため息をつく。

それから振り向いたミューリに向けて小さく手を振ると、ミューリはつんと顔をそむけた後、ごく小さく手を振り返していた。

「ふふ。あ、コル、ちょっといいか」

「はい」

外に出るように促してくるハイランドに従う前に、一度ミューリを振り返る。

ミューリは好きにすればという感じで、本に目を落としたままだった。月を狩る熊の話が出ると、いつもミューリとの関係がぎくしゃくする。人と人ならざる者との差をまざまざと見せつけられるような、そんな感じに双方ともうまく折り合いをつけられない。

一方で、ハイランドと二人きりで会話されるのはそれはそれで嫌、というのもミューリの背中に透けて見えて、尻尾が出ていたら神経質そうにゆらゆらと揺れていたはずだ。

やや苦笑してから、書庫を出た。

「どうしました?」

「ああ」

静かな廊下に出て、扉を後ろ手に閉めてからハイランドに尋ねると、歯切れの悪い返事が返ってきた。

「紋章の正式な利用の手続きについて聞いてきたんだが……」

ハイランドが言いにくそうにしているので、先回りして言った。

「特権の下賜は大変なことです。残念ですが、ミューリには私から説明を」

すんなりその言葉が出たのは、むしろロレンスへの報告をどうするかの懊悩から解放される、という下心があったからかもしれない。

ただハイランドは慌てたように顔を上げた。

「いや、それは問題ない。大丈夫だ」

「そう……ですか? その、たとえば羊にまつわる建国物語がある王国で、狼の紋章は使えないなどは、理に適っている気もしますし……」

ハイランドはその説明に、肩の力が抜けたように笑っていた。

「そんな理由では却下されないとも。髑髏でも描いて掲げたらさすがにまずかろうが」

ミューリなら喜びそうな図案だと一瞬思ってしまう。

「それなら良いのですが」

ではハイランドが口ごもった理由はなんなのか。

視線を向ければ、ハイランドはやっぱりため息をついてから、諦めたように言った。

「紋章の利用特権を下賜することは問題ない。私の名で、君たちの好きな紋章の権威を保証できる。ただ、登録のために必要な項目を紋章官から聞かされて、やや困ったことになってな」

まったく想像もつかないことだった。するとハイランドは不意に数歩、書庫の扉から離れ、声を潜めて言った。

「紋章を利用する者の続柄だ」

「続……柄？」

「似たような形式の、異なる紋章なら構わないのだが……完全に同一の紋章となると、その紋章を使う者同士の関係性が必要になると言われた」

そういうものなのかとうなずくほかないが、理解できていないことは一目でわかっただろう。

ハイランドは説明してくれた。

「紋章には権威があるだろう？　すると、同じ紋章を使用している者同士で仲たがいをした時、どちらがその紋章を引き継ぐかでもめることがある。その際にどちらに優先権を認めるべきか、特に家を継ぐような際の細かい決まりごとが、古代の帝国から連綿と続く法典に依拠して制定されているんだ」

確かに、親戚一同で同じ紋章を利用していて、なんらかの理由で争い合い、分離独立した家系も勝手にその紋章を使えるとなれば、混乱は目に見えている。

「そこで、君とあのお嬢さんの関係だ」

そこまで言われ、ハイランドを悩ませている理由が、自分にもわかった。

それも、痛いほどに。

「君とあのお嬢さんは本当の兄妹ではないと聞いているが」

「はい……。ミューリの実家で私は働き、生まれた頃から世話をしているというだけで」

「すると、厳密な話をすれば、雇用主の娘と使用人ということになるが、その二人が同一の紋章を使うというのは、その、なんというか……」

不道徳な気がしたのは、気のせいではなかったらしい。

どうしても道ならぬ恋を想起させてしまう。

「実は、私もこの件をニョッヒラの湯屋に報告しようとして、なにか不道徳な印象があるのではと感じていまして……。良い案だと思ったのですが、軽率だったかもしれません」

「いや、君の案はとても素晴らしいものだと私も思ったよ。色恋ではなく、家族でもないが、そのどれよりも強い絆。そういうものはあるだろうし、あってもいい。それを象徴するものとして、世界で二人だけにしか使えない紋章というのは、美しいとさえ思った」

ハイランドが本気でそう思ってくれているのは伝わるが、だからこそ、問題点の深さも同じくらい共有していた。

「名うての職人の家系のように、師匠と弟子、という形式も取れるが」

そちらのほうがまだしも、すんなり受け入れられる。

「ただ、師匠と弟子という話は違うだろう？」

「家庭教師と教え子とも言えるかどうか……」

「教え子では、紋章の継承などを含めた続柄としては弱いな」

問題はややこしかったが、真剣に考えてくれるハイランドを見て、ふと、微笑んでしまう。

その笑みに気がついたハイランドが、不思議そうな顔をした。

「すみません。つい」

「つい？」

聞き返され、正直に答えることにした。

「すみません。嬉しくて。こんなに真剣になってもらえるなんて」

ハイランドは何度かまばたきをしてから、怒ったように言った。

「真剣になるとも。これは君たちにとって真剣なこと、そうだろう？」

むしろその剣幕にこちらが驚いてしまう。

「いくらでも誤魔化しの記載はできるだろう。けれど、これは君とあのお嬢さんの絆を示すものだ。そこに嘘や誤魔化しがあっていいはずなどない」

それは太陽が東から昇り、海が塩辛いのと同じくらい、確信に満ちた言葉だった。

そして、ハイランドはこちらの様子に我に返ったらしい。

ばつの悪そうな、恥ずかしそうな顔をしてから、言った。

「すまない。あまりに素晴らしい話だったので、私のほうが夢中になってしまって」

自分はとても良い人に出会えたのだと、改めて確信する。

「私の感じた喜びを、形にしてお見せできたら良いのですが」

「やめてくれ。そんなんじゃない」

ハイランドは顔を背けてから、ため息をついた。

「私はそういう、家族の絆みたいな話にめっぽう弱いんだ。生まれのせいでね」

王の御落胤。

ハイランドの肩をすくめた自虐的な雰囲気に、そうですねとも言えず、黙ってしまう。

「まあ、その……そういうわけで、私のほうは準備万端だ。もしも続柄を思いつかなければ、師匠と弟子など、無難なものにすることはできる」

ハイランドはそう言うや、手で少し顔を仰ぎ、格子窓の向こうにある広場を見やる。

「まったく、私が熱くなってもしょうがないというのにな。風に当たってくる。それと、黄金の羊歯亭の席も取ってこよう」

止めることもできず、頭を下げて見送るばかり。

とはいえ、うまく言葉が出てこなかったのは、頭の中をほかのことが占めていたというのもある。

ミューリとの続柄は一体なんだろう?

兄妹でもなく、恋人でもなく、師匠と弟子でもなく。

そうしてひとつずつ例を挙げていっても、しっくりするものは出てこない。

指折り考えてみて、初めて、自分とミューリはひどく曖昧な、あやふやな関係性なのだと理解できた。

四六時中一緒にいて、ミューリなどは命をなげうつような真似までしてくれて、自分ももちろんミューリにした誓いは一生涯貫くつもりだ。なのに、二人の関係を表す言葉がない。

そのことに気がつき、誰もいなくなった石造りの廊下で、時間が止まったように感じられた。

前にも、後ろにも、無限の廊下が続き、手には鍵があるはずなのに、どこの扉も開けられないというような。

ミューリの不安は、こういうものだったのだと気がついた。

自分の休む場所。安らかな時間を過ごす場所。そこに繋がるはずの鍵はあるのに、どの扉なら開くのかがわからない。頼りにしているのは、一度だけ聞いた誓いの言葉のみ。

ミューリが、異性として好きだと言いながら、兄様という呼称から抜けられないのも、納得がいった。わずかに残された、手で掴めそうな繋がりが、兄という糸なのだ。

大聖堂の前で、自分は思いつきに近い形で紋章の提案をした。ミューリは喜んでくれるだろう、程度の認識だったし、なんなら自分の罪悪感を和らげるための、ちょっと気の利いた贈り物程度だった。しかし、それはとてつもない意味を持っていたのだ。

ミューリにとって、紋章の存在はきっと、扉に刻まれる印になる。

散々さまよい、冷たい石の廊下を歩いていた視線の先に、ついに見えた扉の印。

自分には、その扉までの道を、花で敷き詰める義務がある。

「ですが……」

いったい、どうすれば？

静まり返った石造りの廊下で、無性に聖典が読みたくなったのだった。

第二幕

ハイランドから言われた続柄の話に、おそらくちょっと動転していたのだと思う。書庫に戻りづらくて廊下をうろうろして、結局広場に出て、気がつけばミューリが好きそうな干し葡萄を買っていた。昼課の祈りを告げる予鈴の鐘が鳴って、ようやく我に返ったほど。

紋章使用のための手続きにかかる続柄の話は、ミューリに隠して進めることもできた。けれどハイランドが言ってくれたように、それはとても素敵なものになるはずだった。嘘や誤魔化しを入れるのは避けたかった。とはいえこの話を素直に切り出した時のミューリの反応は読めず、情けないことだが書庫に戻るには勇気を振り絞る必要があった。

自分自身の重い気持ちが形を取ったような大きな聖堂の扉を押し開けて、中に入る。

ミューリは文机で、一心不乱に本を読んでいた。

その背中に声をかけ、「実は……」と説明した。

紋章が描かれた本を開いたまま聞いていたミューリを動揺させないため、紋章は必ず作る、あなたのために、と強く主張した。ここでこそ自分がしっかりしなければと力を込めていたら、ミューリの口から出てきたのはため息と、呆れたような言葉に、狼の耳と尻尾だった。

「いーまーさーら！」

そして、肩をすくめて本を閉じると立ち上がった。

「私も確かに、昔はそういうことで悩んだりもしたけど」

昔、という表現の仕方に苦笑いが出そうになるのを懸命にこらえていると、ミューリはひょいとこちらに手を伸ばし、目ざとく干し葡萄の袋を奪い取り、ついでに腕も摑んでくる。

「でも、兄様も言ってくれたじゃない。神様と違って、兄様はそこにいる。触ると意外に筋肉質で、インクのちょっと酸っぱい変な臭いがするのは確かなことだもの」

「え、臭いですか？」

気をつけていたつもりなのだが、と慌てていると、ミューリは勝ち誇ったように笑う。

「ふふん、これが誰も知らない、私だけ知ってる薄明の枢機卿様。紙に書いて辻で宣伝しても、誰も信じないかもね」

「……」

笑われたことにではなく、ミューリの賢さに言葉を失ってしまう。

紙に書かれた情報なんて当てにならない。ミューリはそう言っているのだ。

「続柄だっけ？　なんだっていいよ」

後ろ手に組んだミューリは、くるりと身を翻し、こちらの腕の中に踊るように背中から潜り込んでくる。

「私と兄様しか使えない紋章はそこにある。それで充分」

肩越しに振り向きざま、そのまま体の向きを入れ替えて、こちらにしがみついてくる。

狼の尻尾が、ぱったぱったと揺れていた。

大人だと思えば子供で、子供だと思えば自分よりも大人。

ミューリの背中に手を回したのは、罪人が手首を縛られる動作に近かったかもしれない。

「でも師匠と弟子なら、私が師匠だよね？」

腕の中でミューリはこちらを見上げ、そんなことを言う。即座に否定できないところが情けなかった。

「あなたがそう言ってくれて助かりました」

ほっとしながら、ちょっと躾けのなっていない犬みたいに縋りついてくるミューリを抱きしめ返す。背中側のあばら骨に触れると、くすぐったそうに身をよじっていた。

「ですが、もう少し言葉を探してみたいと思います」

「お嫁さん」

「違います」

即座に否定されても、ミューリはむしろ嬉しそうに笑っている。

「まあ、たっくさんお勉強してる兄様なら、なにか見つけてくれるのかも。その時には」

と、ミューリはこちらの腕の中から出て、正面から見つめてきた。

「兄様の呼び方も変わっちゃうね」

それは嬉しいような、寂しいような。

けれどミューリが言ったように、ミューリはミューリとして、そこにいる。

「楽しみです」

ミューリはにっと歯を見せてから、「さーてと」と言った。

「私は調べものしないと」

「しばらく時間はありますから、ゆっくりと」

そう答えてから、少しミューリの言葉に引っかかりを覚えた。

それに、机に戻って開き直していた本は、狼の紋章を集めたものではなかった。

「調べもの？　図柄を探しているのではないのですか？」

ミューリの肩越しに本を覗き込めば、黄金羊と剣を持った人の挿絵が入った、厳めしい書体で書かれた王国の建国物語のようだった。

「図柄も見てて飽きないんだけど、いくつかの有名な系統の紋章は、成立のお話が残ってるみたいだから」

なぜそんな本を、と疑問に思っているのがわかったのか、ミューリが答えた。

「同じ動物の図柄でも、正面を向いていたり、横向きだったり、口に旗を咥えたり、剣を背負ったりしてる。頭が二つあったり、双子の赤ちゃんと一緒に描かれた狼の紋章なんていうのもあった。それって全部、意味があるみたい」

紋章にはひとつの大きな物語が込められている。後世の人間が、自分たちという人間はどういう人物であるべきなのかと迷った時、指針とするために。

「その意味を調べて、あなたも紋章にそういう物語を込めたい、ということですか？」

「うん。あと、できれば当人たちからお話聞けたらなって」

「そんなこと――」

無理だと言いかけて、はたと止まる。

少なくとも、黄金羊についてはそうではない。

ミューリはこちらがそのことに気がついたことを察したらしい。

「兄様、暇なんだよね？」

「暇、というわけでは……」

聖典の俗語翻訳を進めたかったが、主だったところはだいぶ進んできている。

それに一週間も部屋にこもっていたのだから、ミューリはそろそろ、神様から自分のことを取り返したいと思っているだろう。

そんなことをつらつら考えていたら、ミューリは静かな口調でこう言った。

「ここに書かれてるようなお話を、実際に知ってる人から話を聞いて、紋章を決めたいなって」

先人の知恵に倣うことは良いことだ。

しかし、ミューリはやや物騒なことも考えていたらしい。

「あと、この国に狼の紋章がないのは、その羊さんのせいなんじゃないのかって思ってるし」

不敵に笑うミューリに、眩しいくらいの若さを感じつつ、ため息をつく。

「イレニアさんも強い羊でしたが、ハスキンズさんにはホロさんも圧倒されてましたからね」

「えっ、母様が⁉」

ミューリにとっての世界最強は賢狼ホロ。そのホロがやや子供扱いされていたことを知ったら、ミューリはもっと驚くだろう。

「ですが、そうですね。お守り屋さんで聞いた、王国建国前の話なども知らないことでしたし、興味はあります」

「でしょ？　その羊さんなら、今はなくなっちゃったっていう騎士団のこととかもたくさん知ってそうだし！」

むしろその辺が本当の目的なのではとも思ったが、ニョッヒラを出てからずっと危険な旅続きだった。たまには平和な時間を過ごすのも悪くないし、ミューリの見聞を広める役にも立つだろう。

「ではそうしましょうか」

「うん！」

ミューリがそう返事をしたところで、扉の向こうから鐘の音が聞こえてくる。

「その前に腹ごしらえですね。ハイランド様が、黄金の羊歯亭の席を取ってくれているそうです」

「羊さんの紋章見てたから、お腹すいちゃった！」

本を棚に戻し、紋章官に外出の旨を告げて大聖堂を出る。
大広場では初春の太陽が、等しく人々を輝かせていたのだった。

黄金羊のハスキンズがいる場所は、ブロンデル修道院と呼ばれる、王国内でも有数の大修道院領だ。地図を確認すれば、近くはないが遠すぎもせず、馬の背に揺られて四日から五日というところ。

ハイランドは、なぜそんなところに？　とやや不思議がったが、ブロンデル大修道院領の老羊飼いとは昔の旅で知り合っていて、非常に深い知識の持ち主だったからと説明した。

あまり町の人間と接することのない羊飼いは、年経れば魔術に通じると噂されるくらい、神秘的なところがある。ハイランドも似たようなことを思ったらしく、不出世の顕学、と思ったのだろう。

またブロンデル修道院は王国の歴史より古く、強大な富を持つこともあって居丈高で有名なため、自分たちが門前払いされないように手紙も書いてくれた。ただ、修道院の門が開いても当のハスキンズに断られては意味がないので、ミューリがこっそりとシャロンの仲間の鳥を使い、先に修道院に手紙を飛ばしていた。

旅程を決めている最中、ハイランドは自分たちに護衛をつけたがったが、ミューリは二人旅に邪魔が入るのを嫌がった。その妥協点として、旅程上の町に護衛が先乗りして、有事に備えるということになった。これは蝶を追いかけ気ままに道を変えかねないミューリとの旅では、ちょっとした手綱になるので自分も少しほっとする。

馬の手配や道中の情報、それに当のハスキンズからの返事を待つのに三日ほどかかり、その間、ミューリは紋章の書庫に入り浸っていた。夜に毛布の中に潜り込んでくると、本の装丁に使われている古びた革の匂いに合わせ、インクの酸っぱいような匂いがして、確かに自分の匂いと似ているかもしれない、などと思ったりした。

こうして街に残るハイランドに見送られ、自分とミューリはラウズボーンを旅立った。途中の町までは、ハイランドが借り上げている屋敷に出入りする商人も商隊を組んで向かうところだというので、便乗させてもらった。馬車に揺られた呑気なもので、昼は火を熾して温かい食事にありつけたし、夕方にはきっちり予定どおり、目的の町に到着した。ハイランドが手配してくれた護衛の者とも合流し、幸先良い感じだった。

「今まで船ばっかりだったからちょっと覚悟してたけど、旅って簡単なんだね」

あまりに優雅な行程なので、ミューリはそんなことを言っていた。また翌日は、商隊のうちの一人の商人が、もう少し自分たちと同じ方向に向かうと言うので、一緒に行くことになった。初日の馬車ほど立派ではないが、毛織物を積んだ荷馬車の荷台に乗せてもらい、ミューリは両親から聞いていた行商の旅を想像して大喜びだった。

二日目もつつがなく終わり、旅程は半分があっという間に過ぎた。ここからはいよいよ、自分とミューリの二人旅となる。護衛が先に露払いとして道を確かめているし、ミューリはなにより狼の娘だ。盗賊やらの心配はしなくていいのがとても助かる。

問題も起きないだろうとは思うものの、夕暮れ時に町に着けば、建物の陰に若干雪が残っているのに気がついた。

「明日からは大変かもしれませんよ」

しかしミューリは初日と二日目の延長だろうと思っていたようで、朝は意気揚々と早起きし、早く旅に出たくて仕方がない様子だった。

そんなミューリが静まり返るのに、大して時間はかからないのだった。

「お尻痛い……」

馬に乗るためには、俗に「尻を作る」ということが必要になる。馬に乗り慣れているハイランドは気を利かして荷物に羊毛の詰め物を用意してくれていたが、ミューリはそれでも辛かったようだ。

ただ、それならば歩くという選択肢があったが、道は春の雪解けの真っ最中で泥だらけ。ハイランドから借りていた衣装とはいえ、お洒落が好きなミューリは服を汚すことに抵抗があったらしい。結局喚きながら馬に乗り続け、昼食を終えて再び出発という時には、半泣きで馬に乗っていた。

三つ日目の宿場町に到着して、そこで待ち受けていた護衛の者が見かねた様子で荷馬車を調達してくれなかったら、数日ここで足止めになっていたかもしれない。数多の冒険の旅をお話でしか聞いたことがなかったミューリには、ほろ苦い体験となったようだった。

とはいえ行程そのものは順調で、雪解けのぬかるみのせいで進みはゆっくりになったが、途中に旅籠があるので野宿にもならない。

このまま何事もなく終わりそうだと思っていた、四日目の昼頃のことだった。

「どうしました？」

荷馬車が急に止まった。そこはなにもない草原のど真ん中で、周囲にあるのはなだらかな丘ばかり。荷馬車の車輪が泥に取られたのかもしれないと思い、手伝うべく先日の町で買っておいた汚れてもよい服を手に取った。

すると、御者台に座る護衛が言った。

「待ち伏せかもしれません」

物騒な発言だった。

「いったん荷馬車を戻して、私だけで確認してきましょう」

お尻が痛いと言って、荷台にうつぶせに寝ながら紋章の図柄をあれこれ木の板に描いていたミューリも体を起こし、顔を見合わせる。

「待ち伏せって、山賊？」

「山ではないから野盗でしょうか。しかし……」

荷台から道の先を見ると、自分の目では誰もいないように見える。ひたすらなだらかな丘が続き、隠れる場所があるようにも見えない。ミューリも目はさほどよくないので見えないようだったが、鼻をすんと鳴らして、雪解けのやや湿っぽい空気からなにかを摑んでいた。

「なんか……悲しそうな匂いがする」

またいい加減なことを、という目で見ると、ミューリはむっとしていた。

「怒ったりするとすぐわかるけど、本当にそういう匂いがあるんだから」

ホロも確かそんなことが言っていたような気がする。

「ちなみに、待ち伏せというのは？」

護衛は御者台から降り、馬の轡を引いて馬を回頭させている。それでも一応声を潜めて尋ねると、ミューリは肩をすくめた。

「一人だけだと思うけど、私も言われなかったら道の先に人がいるってわからなかった。すごい人なんだね」

まだ若そうに見える人物だが、ハイランドは凄腕の護衛をつけてくれたようだ。

そして、荷馬車をいくらか戻して安全な場所まで移動させ、護衛は弓を手に丘の陰伝いに向かっていった。

なだらかな起伏にその姿が消え、しばし後のこと。

護衛は一人の少年を肩に担ぎ、戻ってきたのだった。

雪解けのぬかるみ残る町の往来で、ふとした拍子に落とされた手拭いを、翌日になってから拾ってきた。

護衛が肩に担いで運んできた少年の第一印象が、それだった。

「怪我は？　意識は？」

慌てて荷台から飛び降り、護衛に駆け寄った。

護衛はいったん、少年を近くの草むらに横たえる。

「無事ですよ。単なる空腹で座り込んでいたようです。だろう？」

護衛がそう言うと、泥だらけの顔の中で双眸が開き、ゆっくりとうなずいた。泥だらけだからよくわからなかったが、よくみれば少年はハイランドのような金色の髪を短く刈り込み、瞳は綺麗な薄い青色をしていた。整った容貌も、貴族のそれに見える。

腹が減って全身泥まみれというのは、貧血かなにかで顔から泥の中に突っ込んだのだろう。

「そういう罠を張って、お人好しの旅人を襲う連中がいるんで警戒しましたが」

護衛がやや呆れたような調子で話す理由は、なんとなくわかった。それは少年の格好だ。薄手の外套一枚を羽織り、靴はぬかるみなど全く想定していない柔らかそうな革の靴。すべての食糧を食べ尽くしたのか背嚢はぺったんこだし、そもそもが小さい。

そのくせ、少年の横に置かれた剣は妙に武骨だ。しかも寝転がったせいでめくれた服の下には、鎖帷子までつけていた。重いうえに、まだ寒さの残る初春の旅路では体を冷やすだけで、なんの役にも立たないだろう。

行き倒れの少年は、奇妙すぎる服装だった。

「浮浪児の類なら見なかったことにもしたのですが」

護衛はハイランドから、自分たちの旅の無事を頼まれている身だ。

そういう冷たい判断も仕事のうちなのだろうが、実際には少年を担いで連れてきた。

なにか理由がある、ということだろう。

「この道の先には、ブロンデル大修道院領があるだけですよね？　修道院の関係者でしょうか」

武装しているのも、修道院に詰める護衛というのならわかる。けれど、それだと明らかに旅慣れていない感じの服装と、空腹で行き倒れるという間抜けさがそぐわない。

「いえ、私も驚きましたが、騎士見習いです」

「えっ」

声を上げたのは、荷台の上から遠巻きに事態を見守っていたミューリだ。慌てて荷台から降りようとして、泥だらけの道にためらい、前の町で仕入れた安物の靴に履き替えて、恐る恐る降りてきた。

少年は女の子がいると気がついて、歯を食いしばりながら体を起こしていた。

そんな様子に護衛が小さく笑う横で、水と食べ物を持ってきたミューリが、少年に手渡していた。

「火も熾したほうがいいんじゃない？」

その一言で、介抱することが決まったようなものだ。

「では私がやりましょう」

護衛はそう言って、水の入った革袋にやや乾いたパンを受け取った少年を見やった。

「小僧、共に行きたければ、この方たちに事情を説明しろ」

この三人の中で誰が決定権を持っているか、ということをきちんと知らしめてくれる。

少年はやや卑屈そうな上目遣いで護衛を見てから、ゆっくりと、しかし大きくうなずく。

そして、今すぐにでも口をつけたいだろうに、気丈に背筋を伸ばすと革袋とパンを膝の上に置いて、言った。

「私の名は、カール・ローズと申します」

声はがらがらだし、唇もひび割れている。

ただ、そうなってもなお失わない高貴さのようなものがあったし、それは勘違いではなかったらしい。

「私は騎士見習い、聖クルザ騎士団の騎士見習いです」

武骨な剣に、場違いな鎖帷子。そしてなぜ護衛が少年を助けたのかの理由がわかった。

わからないのは、なぜこの少年が、こんな場所にいるかということだ。

「聖クルザ騎士団！」

ミューリが素っ頓狂な声を上げた。

「それって、すっごく南の海に浮かぶクルザ島で戦う騎士たちだよね⁉ 金の籠手に銀の甲冑、翻る赤い外套には騎士団の証！ 世界最強の聖クルザ騎士団！」

ニョッヒラの湯屋でその手の話を聞いてばかりいたミューリ。

しかも聖クルザ騎士団は、数多ある騎士団の中で、もっとも有名なものだ。ミューリが興奮するのも当然だが、自分はやや警戒度を上げる。

それは聖クルザ騎士団という、存在そのもののせいだ。

「私はまだ見習いなので、その装備のいずれも遠い存在ですが……」

少年、ローズは恥ずかしげだが、誇らしさも垣間見える。それに騎士見習いとはいえ、どこの騎士団も騎士になるには高貴な家柄出身でなければならないと聞いたことがある。

やはりこの少年は、名のある家の子弟なのだ。

「しかし……なぜその聖クルザ騎士団の見習い騎士様が、こんな場所に？」

聖クルザ騎士団は、教皇の懐刀として有名だった。南の海に浮かぶクルザ島を拠点とし、あらゆる異端と信仰の敵を殲滅することを信条とする。つまり、現在の王国とは最も相性の悪い相手なのだ。

ただ、神罰の地上執行代理人を自認する彼らのこと。もしも王国に乗り込むのだとしたら、もっと大々的なものになるだろうし、決して、見習いが一人でとぼとぼと道を歩き、行き倒れるなんて間抜けなことにはならないはず。

それは戦の前の偵察という役目にしても、そうだ。

こんな貧弱な装備で送り出すなど、手練れの戦士たちのすることとは思えない。

「それは……その……」

ローズは口ごもる。

「騎士は仮に敵に捕まったとしても、簡単に口を割らないんだよ、兄様」

ミューリがなぜか得意げに言う。聖クルザ騎士団の立ち位置を知ったうえでのことではないのだろうが、ミューリの無邪気な様子に、ローズはむしろほっとしたようだった。

「助けていただいたにもかかわらず、詳しく言えないことを申し訳なく思います。ですが、私は団の命を帯びて、この道の先にあるブロンデル大修道院に手紙を届ける途中なのです」

「そうなの？　私たちもそこに行くんだよ！」

ミューリの様子に、ローズは見た目より落ち着いた、大人びた笑顔を見せる。

「皆さまは巡礼の途中でしょうか」

良い家の子弟で、教皇の懐刀と称される騎士団の見習いというからには、信仰にも篤いのだろう。なんの疑問もなくそのように問われ、口ごもってしまう。

「ちょっとややこしいんだけど」

そこを引き取ってくれたのは、ミューリだ。

「私と兄様は、兄様って言っても、兄様は父様の下で働いていて、私の本当の兄様じゃないんだけど」

早口の説明にローズはややぽかんとしつつも、うなずいている。

「広い世の中を知る旅に出ている最中で、ラウズボーンっていう街で紋章のことを調べてたの」

「ははあ……それは分家かなにかのためでしょうか」

ローズは紋章という存在が普通の地位にいるのだろう。特に疑問にも思わずそう言っていた。

「うん。そんな感じ。それで、調べてたら昔の王国にはたっくさんの騎士団があったって聞いて、そういうことに詳しい人に話を聞きに行くんだ」

「ブロンデル修道院領で羊飼いをされている方が、古い話に詳しいということなので」

ローズはミューリとこちらの顔を見比べて、うなずいていた。

「なるほど。私が皆さんと出会えたのは、まさに神のお導きだったようですね。皆さんはこの王国にあって、正しい信仰の持ち主のようです」

一瞬感じた引っかかりは、気のせいではなかったらしい。

ローズは人と話して活力が戻ってきたのか、顔に精悍さを取り戻して、言った。

「ラウズボーンから来られたということは、あの悪名高い薄明の枢機卿とやらの話をご存知では?」

不意を衝かれたこういう場面の対応で、自分はミューリにまったく敵わない。

「うん、噂なら聞いたよ。それより、お腹すいてるんでしょ? 話は後でもできるよ」

ローズはなにか言おうとしたが、ちょうど良い頃合いで腹の虫が鳴る。

女の子の前で腹を鳴らせば、騎士見習いでなくとも年頃の男の子は赤くなるだろう。

ミューリはけたけた笑って、「お代わりもあるからね」と言っていた。

ローズは恐縮しきっていたが、結局パンに口をつけ、そうなると少年の食欲は止められるものではない。

護衛の熾した火で焼いた塩漬け肉と合わせ、結局パンを三つも平らげたのだった。

「一日に三回もお祈りするの? え、食事の時は一切喋っちゃだめ? 食事の際に銀の指輪で毒見をするって本当? 見分けられたことある?」

食事をして落ち着いたローズを、ミューリはここぞとばかりに質問攻めにしていた。詩人の詩吟やまた聞きによるものではなく、本物の騎士見習いが目の前にいるのだ。

どっさり聞き集めた話を確かめたくて仕方ないのだろうが、半分くらいはわざとそうしている感じもあった。

ローズが食事の前に口にした、悪名高い薄明の枢機卿、という言葉。

護衛の青年は、少し離れた荷台の脇に自分を呼び、荷物を片付けるふりして話しかけてきた。

「身分が身分なので、見捨てるわけにもいかず連れてきてしまいましたが」

あまり感情を感じさせない顔は、命令すればローズを縛り上げてどこかに捨てることもいとわないように見えた。

「いえ、困っている人を見捨てるわけにはいきません。それに幸い、私を私だと気がつかれるようなこともないかと思います」

ローズと話しているミューリは、何食わぬ顔でイレニアと名乗っていた。

「それなら良いのですが、気になるのは、なぜあの騎士団の人間が王国に、ということです」

それは自分も疑問だった。

「服装も含めて、準備万端という感じではありませんよね」

「南の本拠地から、そのまま着てきた服という感じです。戦のために来ているとは到底思えません」

だとすると、考えられる可能性は多くない。

「脱走兵?」

「怪しいものではない、と私に伝えるために、騎士団の封蝋がされた手紙を見せてきました。脱走兵なら身分を隠すでしょう。ああいうところは、摑まれば過酷な下働きが待っています」

確かにそんな気もする。

「ただ、私にはひとつ仮説があります。長くなるので、彼を修道院に送り届けた後にいたしましょう」

護衛がそう言い終えるのと、火を熾す際に使った薪の残りやらを荷台に積み込み終わるのは、ほぼ同時だった。あまり話をしていると、ローズに勘繰られる。

ただ、そこまでの警戒は必要なかったかもしれない。

「兄様ー」

と、ミューリが困ったように駆け寄ってきたのだ。

「おなかいっぱいになって火に当たったら、安心して寝ちゃったみたい」

「……」

焚火の横で眠りこけているローズを見て、自分は思わず護衛と顔を見合わせてしまう。いよいよ戦のためにやって来た戦士とも、そのための下準備にやって来た密偵とも思われない。

ローズを見て思い出すのは、かつての自分だった。

神学者を目指して故郷の村を当てもなく飛び出し、結局あっという間に行き詰まって物乞い同然にふらふらしていた。そしてにっちもさっちもいかなくなった時、通りかかったロレンスとホロに助けられた。今のミューリにまで続く、長い物語の始まりだ。

　そして、ミューリはもちろんその話を母親から聞いていたらしい。

「兄様も昔はあんなだったって、母様から聞いた」

「私もパンを三つくらい食べましたよ」

　そう答えると、ミューリは楽しそうに目をぱちぱちさせていた。

「修道院まではまだ遠いですか？」

　護衛にそう尋ねると、小さく肩をすくめられる。

「予定よりかは遅れそうですが、夜には着けるかと」

「なら向かいましょう。疲れている子を野宿させるのはよくありませんから」

　護衛は無言でうなずき、火の始末をして、泥のように眠るローズを抱え上げて荷台に乗せる。

　まあまあ乱暴な扱いでも、ローズは目を覚まさない。

　それに、苦しそうな寝顔は体の不調ではなく、悪い夢を見ているせいのようなのだ。

「神よ……」

　何度かそう呟いているのが聞こえた。

　ミューリは沸かした湯に浸した手拭いで、そんなローズの顔を拭ってやっていた。

　そして服が汚れるのも構わず、その顔を膝に乗せると頭を撫でていた。

　ローズは寝ながら泣いてもいた。

のだった。

誇り高く、世に聞こえた最強の騎士団というには、その姿はあまりに傷つき、か弱かった

ローズは目を覚ました途端、悲鳴のような声と共に体を起こしていた。

「わ、あ、わ」

ばたばたと自分の体を撫でているのは、なにか盗まれていないかと確かめていたのかとも思ったが、その手が左腰に触れたところで、剣を探していたのだとわかった。

「剣はここ。手紙はお前の胸」

護衛が身振りを交えてそう言った。念のため、ということでローズの剣を取り上げていた。

手紙の話を出され、ローズはようやく自分が眠りこけていたことを思い出したらしい。

空を見たのは、すでに真っ暗だったから。焚火が赤々と燃え、鍋が煮えている。

「あ……えっと」

「すみません。本当はあなたが寝ている間に修道院までたどり着く予定だったのですが」

その言葉に、護衛が隣で顔をうつむかせていた。夜までに到着するつもりが、道中の道が思いのほか悪く、荷馬車の車輪を取られて立ち往生してしまったのだ。

距離的にはもう目と鼻の先ということだったが、冷え込みもきつくなさそうだったので、無

理をして道に迷うよりはと、野宿することにした。もちろん護衛の責任ではないと言っているのだが、本人は自責の念に駆られているようだった。

「そ、そうでしたか……すみません、取り乱してしまいました」

ローズは腰を下ろし、そこにミューリが飲み物を渡していた。宿場町で買った牛の乳に蜂蜜と葡萄酒を混ぜたものは、ミューリのためにと用意したものだが、まだ子供の面影を残す少年にもちょうど良いだろう。

そして、ミューリはそのままローズの隣に座る。

ローズがこの場で孤立してしまうのを、気の毒だと思ったのかもしれない。

「寝ている間、ひどくうなされていましたが」

気遣う意味もありつつ、探りの意味も当然あった。

ローズはすぐに両方の意味を悟っていたようだが、目線を下げて口は開かない。

「その服装も、この地方での旅には不向きかと思います。もしよければ……お力になりますが」

うつむくローズに、ミューリは鍋から羊肉やら玉ねぎやらをどっさりすくって、目の前に差し出す。ローズが顔を上げれば、なにも言わずにただ微笑むのみ。焚火の赤々とした明かりの中でもわかるくらい少年は顔を赤くして、ミューリの手から椀を受け取っていた。

それだけを見ていれば、どこにでもいる良家の子弟だ。

けれどローズが特殊な立場にいるのは、世事に疎い自分でもすぐにわかる。

そして騎士団のことは、道中で護衛が噂話を聞かせてくれた。

「あなたはブロンデル修道院に救援を要請しにきた。あっていますか？」

その問いに、手にしたまま膝の上に置いていた椀の中身がこぼれそうになるくらい、ローズの体が震えた。

「な、なぜそれを、まさか手紙を――」

「手紙は見ていません。騎士団の状況と……あなたの様子を見れば、自然と導かれることです」

少なくとも護衛はそう言った。

「兄様、そんな尋問みたいなことしないでよ」

と、口を挟んだのはミューリだ。

「答えなくてもいいよ。兄様たち意地悪だから」

ミューリはローズの味方につく。

ミューリが味方につけば心も開き易かろう、という護衛の冷徹な判断による作戦なのだが、半分くらいは本気で味方をしている気がした。なんと言ったって、ローズはミューリ憧れの騎士団の中でも、伝説級のところに所属するのだから。

「いや……君のお兄様たちは意地悪ではないよ」

護衛の見立てたとおりか、ローズはそう言って、椀をいったん置いた。

「皆さんには助けていただきました。眠り込んでしまったところを運んでもらい、食事まで……。見たところ、商家の御一行のようです。私のような者の動向は気になるでしょう」

ミューリより少し年上、という程度なのに、折り目正しい話し方だった。

「それに、早晩明らかになることです。だから」

と、ローズは隣のミューリを見た。

「そんな顔をしないで。僕は大丈夫だから。ほら、せっかくの美しい顔が台無しだよ」

そう言って、安心させるように笑ってみせたのだ。可愛いと言われ慣れていても、美しいと言われるのは初めてだったのかもしれない。ミューリが驚き、恥じらう姿など、そうそう見られるものではない。

見習いとはいえ、弱き者を援け、悪を掃う高潔なる騎士。

ローズはそれに相応しい人物のようだった。

「お知りになりたいことがあれば、ご質問ください。一宿一飯のお礼です。私の知ることであれば、なんなりと」

行き倒れていた時からは想像もできない力強さで、ローズはそう言った。

護衛は無言でうなずき、取り上げていた剣を手に取って、焚火越しにローズに向けて放り投げた。

「剣は強き者の側にいたがるだろう」

剣を反射的に受け取っていたローズは、護衛に認められたのだと気がつき、律義に頭を下げていた。

「では、聞きたいのですが」

コホンと咳払いをして、護衛から聞いた話を繰り返した。

「あなたたち聖クルザ騎士団……いえ、正確には、聖クルザ騎士団内にあるあなたたちの分隊は、貧窮にあえいでいた。その噂は、本当なのでしょうか」

聖クルザ騎士団は、教皇の名の下に集い、信仰のために戦う集団だった。そして教会が国をまたいで遍在するように、騎士団もまた、各国からの精鋭が集うことで成立している。

異教徒との戦が激しかった頃は、聖クルザ騎士団に自国の騎士が何人所属しているかで、その国の信仰的な格のようなものが決まったらしい。そのために王や諸侯はこぞって勇猛な兵士を送り、競って寄付金を積み上げたという。

そんな具合なので騎士団内部も一枚岩ではなく、国ごとの分隊に別れ、我らこそが真の神の意志の担い手、とつばぜり合いをしていて、基地では衣食住さえ別らしい。

騎士の話が大好きなミューリは、そんなの常識だよと言わんばかりだったが、そうなると導かれる結論がある。

ウィンフィール王国も当然聖クルザ騎士団に分隊を作るほどの寄付の担い手だったが、その王国は今や教皇と真っ向から対立している。

　王国からすれば、聖クルザ騎士団に寄付を送って分隊を維持するのは、いわば敵に塩を送るようなもの。翻って教皇側から見れば、自分たちに敵対する国の金で働く武力集団が手元にいて、味方面していることになる。

　結果、聖クルザ騎士団のウィンフィール王国分隊は、王国からの寄付金を止められ、基地内で孤立しているとのことだった。しかも王国側には薄明の枢機卿と呼ばれる怪しげな者まで現れ、教皇側に攻撃を加えている。分隊はそんな王国の民ということで、信仰の正当性まで疑われているのだ。

　そういう話が海を跨ぐ貿易商人たちの間で流れていたと、護衛は教えてくれた。

　そしてローズは、こう答えた。

「……飢えとは、信仰の貧しさを言うものです」

　騎士団の名誉のため、貧窮しているとは答えられないのだろうが、実情はわかった。

「では、王国に戻ってくるという噂も？」

　ローズはゆっくりと考えた末に、口を開く。

「私たちは困難な状況に置かれていますが、それは王国内にある、教会組織や聖職者の皆さんにも言えると思います。ですから、私たちは」

　ローズは胸に手を当て、そこに手紙があることを確認してから、言った。

「連帯を訴えにきました」

賢い少年だ、と思った。

騎士団の基地にいられなければ、騎士たちは王国に戻るしかない。

しかし教会と対立する王の軍門に降ってしまうことは、彼らの教会騎士としての存在意義に関わってしまう。窮余の策として取られたのが、王国内の教会組織に受け入れてもらう、という案だったのだろう。

おそらくは限られた資金の中、王国を刺激せず目立たない形でその可能性を探るため、ローズのような少年たちを先行させたのだ。

「さっき、あなたは、早晩明らかになることだからと仰いましたが」

ローズは頷いた。

「私たちのような先遣隊に続いて、分隊長の率いる船がクルザ島を出発しているはずです。遠からず王国のどこかの港に到着すると思います。島での環境は……日に日に悪くなっていますから」

友愛や仲間意識というものは、あくまで同じ側にいる者たちに向けられるもの。

ウィンフィール王国出身の騎士たちは、騎士である以前に、王国の民と見なされた。

寄付金も途絶えて、周囲の目も厳しく、基地にいられなくなった彼らは流浪の民となり、居場所を探すことになる。しかし教会と王国、両方に属する身分ゆえの困難が付きまとう。

騎士たちの置かれた状況に同情していると、膝の上でこぶしを握り締めたローズが、絞り出すように言った。

「私たちの信仰には、なんの変化もないというのに……」

そして、こぶしの上に涙が落ちる。

ローズは自分が泣いていることに気がついて慌てていたが、肩に添えられたミューリの手に、余計こらえられなくなってしまったようだ。ミューリはローズの頭を抱えるようにして抱いて、こちらを見た。困ったような、困惑したような顔だった。

王国が教会と戦うことについて、自分は少なからぬ正義を感じている。教会は特権に胡坐をかき、悪習に染まってきた。それはいつか正されるべきであり、それが今だと思っていた。

しかし世に変化を巻き起こせば、それが大きなものを動かすことであればあるほど、巻き込まれる者たちが出る。それは、教会に属する者でも例外ではないのだ。

教会側にも確かな信仰の持ち主はいて、自分はそういう者たちを傷つけたかったわけではない。かといって、大きなうねりとなっている世の中の動きはもう元に戻すことはできないし、戻すことが正しいとも思えない。

このローズの悲しみと苦しみを前に、自分は手をこまねくことしかできなかった。

自分の行動が、考えてもみなかった人たちを傷つけている。

謝罪も、無視も相応しいとは思えない。

こういう時に、祈りや信仰は無力だ。

せめて自分にできることとして、焚火に薪を追加するくらいしかなかったのだった。

翌朝、自分が目を覚ました時にはすでにローズの姿はなかった。

熾火を木の枝でいじっていた護衛が、日の昇る前に出立しましたよと教えてくれた。

見習いとはいえ、騎士たるものが人前で涙を見せてしまったからでしょう、と淡々と説明してくれた。

聖クルザ騎士団は、王国と教会の争いの間隙に飲み込まれた、哀れな一艘の船だった。少なくともその隙間を広げたことに加担していることを思えば、彼の涙の何割かには責任がある。

「無事に修道院は受け入れてくれるでしょうか」

朝食用だろう、牛の乳を沸かしていた護衛はこちらを見て、視線を火に戻してから答える。

「難しいでしょうね」

「ですが、あの聖クルザ騎士団ですよ。迎え入れるのは名誉なことでは」

「ブロンデル修道院のような長い歴史を持つ大きな組織が、目に見える危険を抱え込むとは思えません。騎士団はどちらの陣営にとっても敵であり、味方でもある。戦地で最も辛い目に遭う立場です」

「……経験が？」

尋ねると、肩をすくめられた。

「ハイランド様に拾われる前は傭兵でした。その前は、領土を取って取られてを繰り返す国境の村にいました。忠誠を誓うべき領主がころころ変わり、我々は常にその誰からも信用されず、迫害されました。ずっと同じ土地にいたはずなのに、永遠にさまよっていたような記憶しかありません」

言葉を継げないでいると、護衛は小さく笑った。

「おかしかったのは、料理です」

「料理？」

「国境で隣り合っていても、食習慣は違っていましてね、一方は肉を鍋で煮る習慣があって、もう片方は肉と言えば焼いて食べるものでした。目まぐるしく領主が変わるたび、我々は肉を鍋に入れたり炭で焼いたりしたのです。仲間と見なしてもらえるように」

その時のことを思い出したのか、護衛は薄く笑いながら、ため息をついた。

「そして新しい領主をもてなすたび、こんな肉は偽物の味だ、と地面に捨てられるわけです。我々はなにも変わっていないのに、というあの小僧の言葉は、痛いほど染みましたよ」

そして、護衛はふと真顔になって顔を上げた。

「失礼しました。つまらない話を」

「いえ……」

護衛はもう無表情に、火の調整を続けている。

人の立場や敵味方など、天気よりもうつろいやすいあやふやなもの、という話だ。

ため息交じりに立ち上がり、荷馬車の荷台を覗いてみると、荷物を枕に寝転がったままのミューリはすでに起きていて、一枚の布切れを見つめていた。

「なんですかそれ？」

「ん」

ミューリは喉の奥で小さく返事をすると、億劫そうに体を起こし、両腕を高く上げて伸びをした。

「あの騎士様からもらったんだよ。いつか立派になったら、また貴女に会いにきます、だって」

ミューリが手にしていたのは、教会の紋章の前に交差した剣が配置された、聖クルザ騎士団の紋章が染め抜かれた布だった。

「お話に出てくる騎士みたいな騎士さんだったけど……本当は泣き虫さんだね。涙の匂いがするもの」

騎士が竜を倒す冒険の途上、身分の証として騎士団の紋章が染め抜かれた服の一部を、村の娘に託していく、なんていう展開は吟遊詩人の唄では定番だ。

まさか実際にあることだとは、と思っていると、ミューリが紋章を鼻にあてたまま、悪戯っぽくこちらを見ていた。

「これ、恋文だよね？　兄様もやきもち焼く？」

返すのは、疲れたような笑みだ。

「彼はとても素晴らしい男性だと思います」

ミューリはたちまち頬を膨らませるが、ふっと紋章を息で吹いてから、言った。

「あの男の子、王国のこの辺の生まれだって言ってた」

おそらくローズのほうが年上なのだが、そのローズを男の子呼ばわりするミューリにもしっくりきて、なんだか笑みがこわばってしまう。

「すっごく大変そうだったから、一度おうちに帰ったら？　て聞いてみたんだ。あの子、貴族様でしょ？　雰囲気が上品だもの」

「騎士になるには自由身分が必要ですから、そうでしょうね」

「でも、この辺の生まれなら、こんな季節にあんな薄着じゃ大変なことになるってわかってる気がしたんだけど……聞いたら、土地勘なんて全然なかったみたい。単に部隊の偉い人が、あの子がこの辺出身だからって理由で送ったんだって。本当は、小さい頃に追い出されて以来、来たことなんてなかったって」

出立前、まだ星のまたたく時間に、ミューリとローズが顔を寄せ合って会話をしている様子が目に浮かぶ。

　ずいぶん微笑ましい情景だが、それ以上に気になる言葉があった。

「追い出されていた？　家をってことですか？」

「男兄弟の六番目なんだってさ。家を継げるのは一番上のお兄さんだけ。二番目か三番目のお兄さんは、一番上のお兄さんになにかあった時のために大事にしてもらえるけど、やっぱり大人になったら他のみんなと一緒に、ぽいだって」

　貴族の長子制度だ。

　複数人の子供に財産を分割相続させれば、土地は細切れになり、富は散り散りになる。

　そのため、鳥が巣から弱い小鳥を外に捨てるように、不要な子供は外に放り出される。

「そういう要らない男の子たちの行く先が、騎士団なんだって。だから逆に、長男の人はなかなか騎士になれないみたいだよ。全然知らなかった」

　ニョッヒラの湯屋で面白おかしく語られるのは、騎士たちの理想的で空想的な世界だ。

　高潔な精神の持ち主たちが志願して集まり、正義のために戦い続け、時には悪を討ち取り、伝説の化け物を屠り、困難に陥った人々を救う。

　しかし現実の騎士制度は、一皮むけば生々しい現世の事情によって形作られている。

　あるいはだからこそ、彼らは理想的な姿を追求するのかもしれないが。

「格好良くて、きらきらしてるだけだと思ってたなあ」

ひとつの夢から覚めてしまったような、そんな言い方だった。

「あ、でも」

と、そんなミューリがこちらを見る。

「兄様は格好良くて、きらきらしたままだからね？」

見え透いた言葉に、苦笑いしか出ない。まとわりついてくるミューリをいなしながら、ローズが歩いていったであろう方角を見た。

彼らは聖クルザ騎士団にあって聖クルザ騎士団でなく、ウィンフィール王国民にあって、ウィンフィール王国民ではない。

そこに妙な既視感があると思ったのは、自分とミューリの関係に似ていると思ったから。

紋章の利用において続柄を決められないのと同じように、彼らは立ち位置が曖昧なため、誰からの支援も当てにできず、孤立無援に陥っている。

さまよえる騎士たちに、適切な名前があらんことをと祈るばかりだ。

「ねえ、この紋章、どうしたらいいかな？」

ミューリは、重すぎる物をもらってしまった、という顔をしていた。

「彼の気持ちです。大切にしなさい」

するとミューリは肩をすくめ、半目にこちらを見た。

「兄様は女の子のこと、ほんっとうにわかってない！」

「ええ？」

荷馬車からひらりと降りるミューリに、言葉もなく立ち尽くす。

ただ、朝食を食べ出発した後、荷台で腰帯に房飾りのように紋章を縫いつけているのを見て、やれやれと苦笑したのだった。


距離的には目と鼻の先、という護衛の表現は間違っていなかった。

日が昇り、今日も雲のない青空の下をしばらく行けば、ほどなく大きな石壁で囲まれた建物が見えてきた。

「すごい、要塞みたい……」

「ものすごく古い修道院ですからね。起源は蛮族との戦いの時代にあるとか」

そう言うと、ミューリは感心したようにうなずいていた。

ただ、大きさに感動しているミューリとは裏腹に、自分には子供時代の記憶と比べ、ブロンデル修道院は少し縮んだように見えていた。もちろん石壁は古びたもので、何百年とそこにあって神の家を守っているから、作り直したということではない。

自分が大きくなったのだろう、と感慨深くなる。

あの頃の自分はまだミューリよりも幼く、雪降る中、馬の背に乗ってたどり着いた。賢狼ホロの尻尾に一番触れられたのはあの時かもしれないと思ってつい笑ってしまうと、ミューリにきょとんとされた。

「お会いになられるのは、羊飼いの方でしたか」

「はい。敷地の中に建物があったかと。なんにせよ、一度修道院に挨拶を」

その言葉にミューリが少しまごついていたので、笑って頭を撫でてやる。

「広い修道院ですから、ローズ少年とは会えないかもしれませんが」

「会ったほうが気まずいの！」

立派になったらまた会いにくると言われ、紋章の切れ端を手渡されていた。

それで一日と間を空けずに顔を合わせたら、確かに気まずいかもしれない。

「ハイランド様からの手紙を渡してきましょう」

護衛はそう言って身軽に御者台から降り、正門のほうに駆けていく。

ミューリはそんな様子を荷馬車の荷台から見て、言った。

「鶏の修道院も、こんなに大きくなるの？」

鷲の化身シャロンを、鶏以外の呼び名で呼ぶ気はさらさらないらしい。

「どうでしょうね……。ここの修道院は多くの貴族や大金持ちから寄付を受けて、手広く商いをやっていたそうです」

「鶏も兄様の出来損ないも、お金儲けは下手そうだから大きくならないか」

ばっさり切って捨てるミューリに苦笑いするが、修道院は商いが下手なくらいでちょうどいいのではと思う。このブロンデル修道院も財産を溜め込みすぎたせいで、窮地に陥った際には支援の手が伸びるどころか、その死肉をむさぼろうとする商人たちに群がられていた。

「でもこれだけ広かったら、騎士団のひとつやふたつ置けるよね」

「……」

ミューリは頑なにこちらを見ないで、修道院の正門を睨みつけている。

ミューリも聖クルザ騎士団の立ち位置を知り、王国との関係を知った。

彼ら自身に罪があるわけではなく、まだ見習いの少年が、まったく土地にそぐわない装備のまま慣れない土地に送り込まれ、救援の手紙を携えて走る羽目に陥らなければならない理由などない。

ミューリが不機嫌なのは、ローズたちの巻き込まれた状況もそうだが、彼らがそうなってしまった原因に手を貸している、ということもあるはずだった。さりとてどちらが悪いとも言えず、同時に両方が共存する道もまた見つからない。

そのもどかしさに、苛々しているのだろう。

「護衛の人はああ言いましたが、聖クルザ騎士団は全教会組織の誉れです。きっと受け入れてもらえますよ」

その言葉にミューリはうなずき、もう一度うなずいて、「だったらいいな」と言っていた。

ほどなく護衛が戻ってきて、巡礼は受けつけていないが、羊飼いには会うことを認めてくれたと教えてくれた。ハイランドの手紙でさえそれが限界なことを知って、やや面食らっているようですらあった。自分としては、子供時代に来た時の居丈高な印象そのままで、なぜか嬉しくなる。

正門脇にある通用門から荷馬車ごと入り、羊飼いの住まう畜舎以外には出入りしないこと、と警備の兵士から厳命された。

修道院はちょっとした町程度の大きさの敷地を持ち、羊飼いの住まう畜舎は隅のほうに置かれていた。

「わ、すごい羊さんの匂い」

その建物は、やはり子供時分に来た時よりも幾分縮んで見えた。

そして兵士が建物の扉を叩くと、ほどなく一人の老爺が出てきたのだった。

「ご無沙汰しております」

シャロンの仲間の鳥に頼んで手紙を先に渡してはいたが、ハスキンズは岩のように固い顔をピクリとも動かさない。ミューリはといえば、いつもの威勢は消え、自分の後ろに隠れていた。

「ほらミューリ、ご挨拶なさい。あなたのご両親も、かつて助けていただいたのですから」

相手はやや背が高いものの、髪も髭も長い、なめした革製品のような老人だ。

それでもミューリには真の力がわかるのか、王族を前にしている時とは比べ物にならないほど腰が引けていた。

「こ、こんにちは、ミューリと、言い、ます」

尻すぼみにそう言って、また隠れてしまう。

ハスキンズは無言のまま、そんなミューリからこちらに視線を向ける。

「まさかあの狼の、娘の顔を見ることになるとは」

呆れたように言われ、ハスキンズは顎をしゃくると、建物の中に入っていく。

ついてこい、ということだろう。

「ねえ兄様……本当に、羊さんなの？」

あの賢狼ホロでさえ尻込みさせた伝説の羊だ。

ミューリがしっかりすごさを認識してくれたようで嬉しいばかり。

「あなたでも敵いませんか？」

尋ねてみると、すごい速度で首を横に振られた。

ウィンフィール王国王家の紋章は、獅子の鬣のごとく盛り上がった肩の筋肉でしっかり大地を踏みしめる、偉大なる羊の図柄だった。

賢狼でさえ子供扱いするほどに古い時代を生きた羊は、我々の知る羊とは違うのだろう。

「入りましょう」

護衛は荷物を担ぎ直し、ミューリはこちらの腰のあたりを摑む手にギュッと力を込めて、ついてきた。

その建物は外から見ると三階建てだが、中は吹き抜けで二階部分が半分ほど板敷の物置になっていて、ややがらんとした印象だ。一階部分は外と地続きになっている場所があって、羊が出入りできるようになっている。今も外からもこもこの羊が入ってきて、出ていく時にはさっぱりした見た目になっていた。

「毛刈りの最中でしたか」

「悪いが仕事をさせてもらうよ」

ハスキンズは人の首さえ切り落とせそうな大きな鋏を手に取って、そう言った。

間が悪かったのは間違いなかろうが、今すぐ出ていけと言われることもなかったので、腕まくりをして自分も鋏を手に取った。

「手伝いましょう」

護衛が不思議そうな顔をしていたが、やがて荷物を下ろすと鋏を手に取り、結局ミューリも手伝って、羊の毛刈りにみんなで勤しんだのだった。

竈(かまど)ではなく、焚火(たきび)を囲むような囲炉裏(いろり)形式なのは昔から変わっていなかった。

炭にかぶせてあった灰を取り除き、いくらか薪(たきぎ)を放(ほう)り込(こ)んだところで、涼(すず)しい顔立ちの青年が鉄製の水差しと木の器(うつわ)を運んできた。バターの香(かお)りがする、初めて目にする飲み物だった。

「……羊さん？」

ミューリがその青年に問いかけると、青年は微笑(ほほえ)むだけで、その場を離(はな)れた。

「聞いたこともない東の国から来た者だ。これはその土地の飲み物だという」

ハスキンズはこの修道院領に、羊の化身(けしん)たちの故郷を作っている。様々な土地から居場所を求め、仲間がやって来るのだろう。その営みは数十年、ことによると百年を超(こ)えているはずだ。

イレニアはハスキンズとは考え方が合わなかったと言っていたが、二人とも似たような強さを持つ者たちだった。

「それで、今日はなに用かね」

羊の毛刈(か)りを一通り終えた後、護衛は他の羊飼いたちと一緒(いっしょ)に羊毛を洗いに行った。気を利(き)かして席を外してくれたのかもしれない。

「古い時代のお話を伺(うかが)いたく」

「古い話？　また聖遺物の話でも探しにきたのか」

「もうなくなっちゃった騎士団(きしだん)の話とか」

ミューリは自分の背中からひょいと顔を出してそう言うと、また後ろに隠(かく)れてしまう。

ハスキンズは静かにまばたきをして、ため息をつく。

「そんな話を聞きに……？　文字どおり古い話だ。それに、騎士団の話ならば王国の文書館に残っているはずだが」

「できれば当事者のお話を伺いたく」

居住まいを正して、言った。

「私とこのミューリの、二人だけが使える紋章を作ろうと思っています。騎士団や王家の設立譚には、あなたのような立場の者が少なからず関わっていたかと思い」

口にするとやはり、非常に落ち着かなくなる意味が込められていることに気がつく。

ただ、背中に隠れるミューリが背中に額を当てているのがわかれば、こうしてあげるのがミューリの気持ちに向き合うために最大限にできることなのだ、と思い直す。

「……私の記憶が確かなら」

ハスキンズは身じろぎもせず、言った。

「お前は薄明の枢機卿と呼ばれていたな」

ハスキンズは当時から隠遁者ではなかった。今も羊の仲間たちを守るため、しっかり目と耳を開いている。羊の仲間を利用して、普段から修道院領の外の情報を集めさせているのだろう。

「その聖職者と、狼の娘の取り合わせとは……水と油を混ぜようとするような試みだな」

「はい。ですから、二人だけの紋章をと」

ある種の誓いの代わりに。

そんな言葉が透けて見えたのだろう。

ハスキンズは背中が盛り上がるように見えるほど、大きく息を吸った。

驚いたようにも、笑いをこらえたようにも見えた。

「以前も面白い理由でやって来たが、今回もまたひとしおのようだ」

そして、呆れたように首を傾けると、ごきりと骨が鳴る。

「昔の話だったか？　聞いたところで、参考になるとも思えんが」

そう言って、焚火の中に置かれていた鉄製の水差しを取り、自分の器に注いでいた。取っ手に胡桃かなにかの木が用いられた、なかなか意匠の凝ったものだ。ハスキンズの趣味とは思えないので、ここに暮らす羊たちの趣味だろうが、なんとなくここでの順調な生活が垣間見えてほっとする。

「参考にならないなんて、そんなことないよ」

濃厚なバターの香りが広がり、自分も器に口をつける。

そう言ったのは、ミューリだ。

「私は兄様から紋章のことを言われて嬉しかったけど……大きな街の、本がたくさんある倉庫で調べたら、そんな簡単に作っちゃいけないものかもって思ったから」

ハスキンズは硝子のような眼でミューリを見ていたし、自分もやや驚いてミューリを見た。

「あなたが出てくるご本を読んだけど、すごかった。大冒険だった」

「……はしゃいでいたのはあの小僧だけだ」

初代国王が父親から若くして所領を受け継ぎ、一貴族としてこの島から蛮族を追い出す戦に参加したのが建国物語の始まりだとあった。もちろん王国の設立を描く物語なのだから、誇張や脚色がどっさり入っているだろう。多くの人は、要所要所で現れては王を助ける黄金羊を、その最たるものだと受け止めているはず。

けれどハスキンズのその言葉ひとつで、あそこに書かれていた話はほとんど真実なのだと気がついた。見上げるばかりに巨大な黄金の毛並みを持つ寡黙な羊と、希望に燃える元気な若い貴族。あの設立譚では書ききれないくらい、愉快な冒険があったのではと思わせた。

「紋章っていうのが、そういうものの塊……みたいなものだとしたら、私と兄様にはまだ早いかもしれないって思った。あの書庫に私たちの紋章を並べたら、ほかのみんなに失礼かもって」

あんなに喜んでいたのに、ミューリはことのほか冷静に受け止めていたらしい。

裏返せばそれくらいの物語が欲しい、と言っているようにも聞こえたが、そんな思考はハスキンズの笑い声に掻き消される。

「あの狼の娘とは思えない殊勝さだ」

寡黙な野の賢人、といった風体のハスキンズだが、笑うと思いのほか優し気な老爺に見えた。

そんなハスキンズはバターの香りがする飲み物を啜り、言った。

「お前の母は実に生意気な狼だったが……」

当時のぎすぎすしたやり取りを思い出し、なんとも言えない気持ちになる。

「そうだな。物語はあったとも。今では誰もがおとぎ話だと思うだろうことが。もはや人の世では誰も真に受けない、時に埋もれた話がね」

ハスキンズは、ため息をついた。

「そもそも、この修道院に黄金羊の伝説が残っているからと言ってやって来たのも、後にも先にもお前の両親だけだ。白状すれば」

ハスキンズはそこで言葉を切って、肩をすくめた。

「嬉しかった。我らは時代の流れの底にある、砂礫の下に身を隠すことを選んだ身だ。まだその流れに抗おうとする者たちがいるのだと、眩しく思ったものだ」

往時を懐かしむように目を細め、ハスキンズは小さく笑う。

その様子に、もしかしたら鉄製の水差しはハスキンズが選んだものではないのかと思った。

「お前の両親たちは、私に息継ぎをさせた。むこう百年はまた踏ん張れるだろう」

ハスキンズは、ミューリを見た。

「明日のために過去を知りたいという若き狼よ。なにを聞きたいのだ?」

ミューリは耳と尻尾をぽんと出し、自分の陰から前に出た。

「もちろん最初は、あなたと王様のお話！」

ハスキンズは左右非対称に顔をゆがめ、「思い出せるかな」などと言って、語り始めたのだった。


初代国王と共に、まだ王国ではなかったこの島を統一する戦の話。お守り屋で聞いた話の印象とは違って、古代の帝国が教会の兵士と共に乗り込み蛮族を蹴散らした後、速やかに国内の統一に進んだわけではないようだった。古代の帝国が衰退する中、教会も遠く離れた島国にいつまでもかかずらっていられず、やがて土地に根付いた帝国と教会の騎士同士で覇権を求め、相争ったらしい。ハスキンズはその混乱に乗じて島に渡ってきて、漁夫の利を虎視眈々と狙っていたそうだ。

ブロンデル修道院や、ラウズボーンの大聖堂、あるいは現在まで残る主だった王国の都市もまた、この時代に建てられた要塞や各勢力の拠点が元になっているとのことだった。

島では争いと一時の平和を、百年か二百年に渡って繰り返していたという。

ウィンフィール建国の父、ウィンフィール一世が現れたのはそんな時代だった。

戦乱の時代によくあることで、戦に斃れた父の後を継いで、若くして所領を得た。羊の隠れ里を作ろうと放浪していたハスキンズは、この若者ならば利用できるのではと思って近づいたのが二人の出会いの最初らしい。

そして、すぐにその若者の性格に驚いたという。野望に燃えるというより、底抜けの楽天家で、平気で分の悪い戦いに首を突っ込んでは、苦難に陥っている者たちを助けたりしていた。

その無邪気な様子になんとなく放っておけず、時には黄金羊の力を使って陰に陽に助けていたが、ある日、決定的なことが起こった。野営の最中、自陣に迷い込んできた野生の羊を部下が捕らえた時、王はその羊を夕食にするのではなく、毛に手紙を巻きつけて放したらしい。

その手紙には、黄金羊に対する感謝がつづられていた。

この若者が島を統一すれば、きっと平和な土地になるとハスキンズが確信したのは、その時だったらしい。こうしてハスキンズは正体を明らかにし、その若い貴族に正面から手を貸して、国内統一の夢に近づいていった。

その流れにはミューリでなくても、魅了されてしまった。

途中、護衛がやって来て、洗った羊毛の塊を絞るための木製万力のような物を用意するため中断したが、夕方頃には島国を統一し、かつての若い貴族が王になる一方、黄金の毛並みを持つ羊は古い時代に属する者として、表舞台から身を引く決意を告げたところまでたどり着いた。

「その後は全然会わなかったの？」

「一度、偶然にあの小僧がここにやって来て、鉢合わせたくらいだ。お互いもちろん知らぬ顔をしたが、その年は王宮が羊毛を山ほど買い上げていった」

燻した銀のような男たちの関係に、ミューリはきつい酒でも飲んだかのようなため息をついていた。

「それから後となると、死に目に呼びつけられただけだ。戦の最中に貸した金を返さねばならない、とかいう理由を携え、使者がここに来た」

戦の物語で時折ある話だ。貧しい村に敗軍の兵が立ち寄って、食事や寝床を用意してもらった後、律義に借用証を残していく。そして数年後、奇跡の勝利を果たし王になり、貧しい村に黄金を携えて戻ってくる。

「どんなお話をしたの？」

語るべき言葉は山ほどあったはず。ミューリの問いに、ハスキンズは肩をすくめた。

「なぜ紋章の羊は毛が短いんだと問い詰めてやった」

そう言われて紋章を思い出すと、確かに四つの足がはっきり見て取れる毛の長さだ。するとハスキンズの真の姿は、しっかり毛の長い羊だということになる。しかも黄金の毛並みを持つ羊といわれ、その毛皮からは金が採れるという伝説の元にもなっているので、毛並みには一家言あったのかもしれない。とはいえ、王の死の床にあってそんなことを言う羊飼いに、周囲の重臣たちはさぞ驚いただろう。

「王様はなんて？」

ハスキンズは、ちりちりと燃える炭に目を落とし、ふてくされるように言った。

「もさもさしていたら格好良くないだろう、と」

その答えにミューリは吹き出し、腹を抱えて笑っていた。

けれど目じりに涙が浮かんでいるのは、単に笑いすぎというわけではないはずだ。

永遠の別れ際の、二人の最後の言葉。

島の統一にあって二人が出会い、協力し合ったのは、必然だったのだ。

「そんなわけで、今の紋章になっている。紋章の図柄など、そんなものだ」

突き放すような物言いは、照れくさかったのかもしれない。

しかしミューリはそんなハスキンズの話に、尻尾の毛が湿るくらい笑ったり感激したりしていた。

「……そんなお話があるなんて、ずるい」

ミューリの心の底からの言葉に、ハスキンズは無表情のまま答えた。

「羊飼いは、隣の草地ほど青く見えるとよく言うものだ」

「えー？」

「聞き集めた話では、お前たちも相当なものだが」

ミューリはこちらを見て、なぜか一方的にがっかりしたような顔をしてみせる。

「確かに冒険はしてきたけど……兄様は、その王様みたいに機知に富んでないもの」

ひどい言われようだが、死の床での会話のようなことはできないだろう。

そういうのはむしろ、ミューリの両親によく似合う。

「しかし、話をしていたら日が暮れてしまったな……なんだ、羊はまだ集められないのか」

振り向いて畜舎を見やり、ハスキンズは言った。

「お前、少し行って集めてきてくれないか。狼だろう？」

「はーい」

ミューリはいつになく素直に返事をして、席を立って駆けていく。

自分も行くべきかと思ったところ、ハスキンズがふと言った。

「あの狼たちはうまくいったのか」

ハスキンズが、あの二人のその後を気にしていることに、少し嬉しくなる。

「いや、愚問だな。うまくいってなければあの娘はいない」

「温泉郷のニョッヒラという場所で、ロレンスさんと湯屋を開いています」

「ニョッヒラの湯屋？」

やや驚いたように片目を上げたが、それもすぐに小さな笑みに変わった。

「どこか物憂げなところのある狼だったからな。賑やかな所に居場所を見つけられたのなら、重畳だろう」

「代わりに、娘のほうは少し賑やかに育ちすぎてしまったようで……」

そう言うと、ハスキンズは笑って、こちらの器に飲み物を注ぎながら言った。

「かもしれない」

その直後、ミューリに追い立てられた羊の群れがいっぺんに畜舎の中に入ってきて、静かだった畜舎はたちまち大騒ぎになったのだった。


夕食の最中はかつて王国に存在した騎士団の話を聞いていて、ミューリの興味は尽きなかった。けれども王国の建国物語とは違い、大昔の騎士団は怪しげな者たちが少なくないようで、盗賊からの鞍替えも多かったようだ。

「誰もが新天地を求め、この島に殺到していた。神の名の下に戦が正当化され、土地を手に入れれば正当な身分が保証されるのだから、過去を清算したい者たちにはうってつけだ」

「王様が実は大盗賊っていう演目の劇を見たことがあるけど、それなのかな」

「どこにでもある話だ。戦の倣いで、勝てば王となり、負ければ賊と見なされる」

「それはなんとなくわかるけど……たくさんあった騎士団のほとんどが、適当に紋章を作ったのはがっかりかも」

ミューリや、その母親のホロなどと過ごしてきたせいか、人ならざる者はあちこちにいるような気にもなってくる。けれども実際はそうでもなく、あれだけ数がある紋章の起源に、なんでもかんでも人ならざる者が関わっているというわけではないようだった。

「超常の存在ではあるが、かつて本当に存在したかもしれない……程度が、権威付けにちょうど良いのだろう」

そんな話をしている間、護衛は少し離れた場所で他の羊飼いと共に鍋を囲んでいた。

こういう場所で安全を確保するには、まずその場にいる者と親交を深めるべし、ということのようで、頼りになるし、都合も良かった。

「そういう意味で、紋章など、気軽に作ってもかまわんものだろう」

ハスキンズの言葉に、ミューリが上目遣いに言う。

「毛も短くされちゃうし？」

老羊は軽く顎を上げ、呟き込むように、二、三度笑った。

「そうだ」

ミューリはこちらを見て、にこりと笑う。

ミューリは紋章のことを自分よりもよほど深く考え、受け止めていた。

そして大切なものだと思うからこそ抱いていた懸念は、なくなった、ということだろう。

わざわざハスキンズのところに来てまで過去の話を聞く必要があるのか、とも思いはしたが、きちんと意味はあった。

ハイランドからもらった休暇の時間を、ラウズボーンで部屋に引きこもり聖典の翻訳に費やさなくて良かったと、少し自嘲気味に思う。

「ところで」

そんな折に、ハスキンズが言った。

「お前たちの直前に来たあの小僧は、お前たちとどんな関係なのだ？」

ローズのことだろう。頻繁に来訪者があるわけでもない修道院なら、関係性を疑われるのも仕方ない。

「聖クルザ騎士団の少年、のことですよね？」

いかにも、とばかりにハスキンズは温めた葡萄酒を啜る。その感じから、修道士のふりをしてこのブロンデル修道院で暮らす仲間の羊もいるのだろうな、と思った。

「道中で行き倒れていたところを介抱しました。この寒さなのに、ろくに服も重ねず、代わりに鎖帷子を着込んでいるようなおかしな装備で、空腹と寒さにやられていたようでした」

「頭から道に突っ込んでて、泥鼠だったよ」

ミューリの追加の説明に、ハスキンズは小さくうなずく。

「お前たちに同道者がいる、という連絡はなかったし、あの小僧だけが弱々しく門を叩いているのに、妙にお前たちの匂いがしたからな。気になったのだ」

なるほど、と理解する。

「私たちの、というよりかは、こちらのミューリでは」

ハスキンズはほんの少し片眉を上げ、そのとおり、とばかりに肩をすくめた。

「私に惚れちゃったみたい」

あっけらかんと言うミューリに、ハスキンズはついに笑い、葡萄酒を置いた。

「お前たちより先に、お前たちの匂いがする少年がやって来た。修道士から聞けば、聖クルザ騎士団の使いだという。私は混乱した」

「混乱？」

不思議に思って聞き返すと、ハスキンズは静かな目をこちらに向けてくる。

「私の記憶の中では、お前は実によくできた子供だった。私のような生き方をしていると、少し素直すぎると不安になるほどにな」

ふいに昔の話を持ち出され、恥ずかしくなる。

ただ、そう言われて思い出すのは、空いた時間にハスキンズから教えてもらった、冬の季節の草原での歩き方や過ごし方だ。

「だから、お前たちがこの修道院へ、王の密命を受けてやって来た可能性は、十にひとつかふたつ、くらいだと思っていた」

「あっ」

思わず声を上げてしまい、その衝撃で薪が爆ぜたような気がした。結構な声量だったらしく、離れた場所で宴席を囲んでいた護衛が、ちらりとこちらを窺ったのが見えた。

ただ、なんと言ったらいいのかわからない。この時期、この情勢で、この場所へと来るというのに、そんな可能性などまるで考えていなかったからだ。

ここは王国の歴史より古い、強大な富と権力を保持しているブロンデル修道院。薄明の枢機卿が古い知己を頼りにそこにやって来るなど、いかにも一癖ありそうな訪問だと思われる理由がたっぷり揃っていた。

「いや、言い訳は結構」

証拠は揃っている。

そんな言い方だったが、証拠には二通りある。

有罪と無罪。

そして、無罪だったようだ。

「隠しごとをしているかどうかくらい、私にもわかる。本気でなにも考えていないなと、すぐにわかった」

恥ずかしさに首をすくめると、隣のミューリがため息交じりに言った。

「私があの男の子からもらった布切れを腰帯に縫いつけてる時も、微笑ましげにしてたんだよ」

「え？」

間抜けに聞き返すと、ミューリは怒っていいのか笑っていいのかわからないような顔をしてる。

自分たちにはハイランドを通じた王国の偵察である、と修道院から疑われる理由が十分にある。

そこまで言われてようやく繋がった。

「エーブお姉さんから教えてもらった言葉。保険、だよ」

いた。


ハスキンズは古い知り合いだし羊の化身なので、味方になってくれる可能性があるとしても、修道士たちはわからない。では面倒ごとを避ける可能性を高めるにはどうしたらいいか。

全教会組織の誉れである、聖クルザ騎士団の紋章を身に着けていればいい。よもや敵中の敵の紋章など身に着けはしないだろうから。

「兄様は、私がいないと崖から落っこちちゃう羊さんだもの」

「群れにも一頭か二頭は必ずいる」

狼と羊飼いの見解が一致する稀な瞬間だろう。

できればそんな矢面には立ちたくなかったと、目を逸らすしかない。

「ずいぶんその名が世に聞こえていたから、一体どうなったのかとやや楽しみではあったが」

ハスキンズは言って、温めた葡萄酒の入った鉄製の水差しを傾けてくる。

「その楽しさは想像を上回ったようだ」

褒められているような、褒められていないような微妙なところだったが、少なくとも疑いは抱かれずにほっとした。この後またミューリに間抜けだなんだとなじられるのは、甘んじて受けるしかないようだが。

「あるいは今の世に名が広まるのは、そういうところなのかもしれない」

前向きに評価されている、と思っておく。

やや葡萄酒がすっぱい気がしたが、ほっと体の温まる一杯ではあった。

羊飼いたちの朝は早い。

しかも修道院のそれとなれば、晩課の祈りに合わせて一日を開始するので、夜明けというより真夜中に目を覚ます。ハスキンズたちの軒を借りている身としては、彼らが仕事の準備をしているのに眠りこけているわけにもいかない。

そんなわけでミューリにはきちんと起きるように、と言い含めておいたのだが、その心配はなかったらしい。むしろニョッヒラにいては体験できない羊飼いの生活に興味津々で、ハスキンズたちにくっついて、真っ暗な草原に出ていってしまった。

本来なら自分もついていくべきだったのかもしれないが、ハスキンズから無理をしないでいいと言われた。足手まといになると思われたのだろうことは、護衛がミューリにくっついていくのは止められなかったことから明らかだ。

　がらんと静まり返った畜舎で、焚火の音と遠くから聞こえる修道士たちの祈りの声、それに畜舎に残されたわずかな羊たちの声を聴いていたら、眠気に抗うのは無理だった。うとうととしてしまい、次に目が覚めたのはすっかり日も昇りきり、ほっぺたに泥の跳ねをつけたミューリが、羊たちと一緒に帰ってきた頃だった。

「毎日は大変だけど、たまにならすっごく面白い」

　あまりに素直な感想に苦笑いしてから、顔を拭いてやり、髪も梳かし、朝食を囲む。

　その後は羊の毛刈りや刈った毛の後工程も見学し、これには自分も参加した。

　刈ったばかりの毛を洗うために近くの小川に運んだり、水に沈めたり、誰かが川の底から引っ張っているのではと思うくらい重くなった毛を引っ張り上げ、それを絞ったり。

　腕力のないミューリは雪解け水の冷たさが残る小川に足を浸し、毛が流されないようにぶるぶる震えながら上から踏んづけたり、大きな木製万力にぶら下がって水を絞ったりしていた。

　その後の昼食は、ホロとロレンスに拾われた時に食べたパンに次いで、美味しかったかもしれない。

　そんな牧歌的な時間を過ごし、わずかの午睡を挟んだ後のことだった。

「書庫を見たい？」

　午後の羊の毛刈りのため鋏の手入れを手伝っていると、ミューリにそう言われたのだ。

「昔のお話が残ってるから見たいってハスキンズお爺さんに言ったら、見られるように話をしてくれたらしいんだけど、寄付が必要だって」

　そして、右手を出してくる。

「……事前に相談しなかったのは、わざとですね」

「あのハイランド様が書庫に入る前、お金払ってるの見たからね」

　悪びれもせずに笑顔で言われる。

　すでに話は聞けたのだから、お金を払ってまで書庫で本を見る必要はないのでは、と言われることを想定していたのだろう。

　路銀の類はすべてハイランド持ちなので、無駄遣いは戒めるべき。

　しかしハスキンズが根回しをしてくれたのなら、頭の固い兄もいまさら断れまい、という算段だろう。こういうところばかりめきめき成長していくのだ。

　ブロンデル修道院の書庫となると、銅貨数枚で、というわけにもいかないだろう。それに書物の維持費用と手間を知っている身としては、意地悪で寄付を要求しているわけではないこともわかる。質は悪いが安くもないリュート銀貨を財布から見つけ出した。

「帰りの食事代から引いておきますからね」

　銀貨をミューリの手に、小言と一緒に載せた。

「いーっ」

　ミューリは牙を見せてそんなことを言って、ハスキンズの下に駆けていく。

そうして日が暮れるまで帰ってこなかったのだが、夕食の良い香りに負けないくらいインクと革と埃の匂いをさせて帰ってきたと思ったら、ずいぶんおとなしくて、しおらしかった。なにか悲しい話でも見つけたのだろうかと、寝る時に同じ毛布の中に潜り込んできたので心配したのだが、ミューリは散々ためらった後に、こう言った。

「一日ごとに、寄付が要るんだって……」

腕の中で上目遣いに見てくるミューリに、ため息をつく。

「あなたも詰めが甘いですね」

ミューリはふくれっ面で胸に顔を埋め、誤魔化してくる。翌日は銀貨を握りしめ、朝課が終わると共に書庫に向けて駆けていった。

そんなことはありつつも、平和な時間に感謝して、昨日と同じように羊飼いたちの作業を手伝った。こんな生活を繰り返し、夜は思索の時間に当てられたら素晴らしいだろうなと思う。王国と教会の争いが落ち着いたら、ミューリが言うような修道院の建設は大変だろうが、こういう生活を行う修道会のようなものを作るのはどうか。

そんな呑気なことを考えていたのを、きっと神がご覧になっていたのだと思う。

午前中の作業を終えて畜舎に戻れば、毛刈りのために先に戻されていた羊たちが、ちょっと落ち着かない様子を見せていた。なにごとかと思う間もなく、気がついた。

屋根の部分に開けられた天窓の桟に、一羽の鷲が止まっていたのだ。

見間違(みまちが)えるはずもない、シャロンだった。

第

二

幕

ハスキンズはもちろんその鷲が尋常の鳥ではないとすぐに気がついていたし、自分の反応から、知り合いらしいとも察していた。

とはいえ他の人間の目があるここで、気軽に話しかけるわけにもいかない。ハスキンズは何食わぬ顔で口笛を鳴らし、シャロンに向けて腕を出せば、シャロンは少し面倒くさそうではあったが舞い降りてきて、その腕に止まった。

「どこかの貴族の下から逃げ出してきたのかもしれないな」

ハスキンズはそんなことを聞こえよがしに言って、手伝ってくれ、とこちらに話を振る。

蔓で編んだ大きな籠の中身を空けて、おそるおそるシャロンにかぶせた。籠に入れられる直前まで、シャロンがじっとこちらを見ていたのは、わざとだったと思いたい。

そうしてハスキンズとシャロンの三人で畜舎を出てから、ハスキンズが言った。

「ラウズボーンで暴れていた徴税人というのはお前か」

甲高く短い鳴き声は、返事というより不満の声だろう。ハスキンズは小さくため息をついて、籠の蓋を取る。そして近くにあった大きな納屋のような建物の扉を開け、そこに入る。

紡いだ糸の保管場所のようで、ムッとするような羊毛の匂いに満ちていた。

『噂に聞いた黄金羊が、まさか伝説どおりの場所にいるとは思わなかった』

シャロンの言葉に、ハスキンズは小さなため息のみを返していた。

「なにか楽しいお知らせ、というわけではありませんよね」

シャロンは今頃、修道院を建設するための建物を検分しに行っているはずだった。

『残念ながらな。修道院の予定地が想像以上の荒れ放題で、長居できなかったから早々にラウズボーンに帰り着いた途端、面倒ごとと対面だ。するとお前たちは呑気に旅行中だという。ハイランドがここに向けて早馬を出しているが、それを待っていたら二日か三日は無駄にする。さっさと荷物をまとめて帰路につけ。道中で早馬と行き会うだろう』

シャロンのことはハイランドに秘密なので、シャロンの判断で飛んでくれたのだ。

『私はクラークに不在がばれたら困るから、一刻も早く戻りたい。質問は手短にしてくれ』

シャロンはクラークにも正体を秘密にしていた。信頼していないとかではなく、クラークの優しさから、正体を知らせることはクラークの負担になると思ったのだろう。

「面倒ごとというのは？」

『聖クルザ騎士団がラウズボーンにやって来た』

一瞬驚きに目を見開いたが、すぐに腑に落ちることがあった。

「……大聖堂が門戸を開いていますから、一時的に頼る先として選ばれたみたいですね」

「出来ごとというのは羊の群れと同じだ。一頭が現れると、次から次に後続がついてくる」

そんなハスキンズとのやり取りに、シャロンは鳥らしい無表情ながら、なんの話だ？　という不機嫌そうな顔をしていた。

「ここにくる途中、聖クルザ騎士団の騎士見習いの少年に出会ったんです。装備もろくに整えず、行き倒れるような行程で、救援の手紙を胸に忍ばせて」

シャロンは港町の商人たちに怖れられる、徴税人組合の副組合長だった。聖クルザ騎士団貧窮の噂は耳にしたことがあるだろうし、ローズの話だけでなんとなく察したのだろう。

羽を広げ、呆れるように身震いした。

『戦ではないのか』

「その可能性はとても低いと思いますが……もちろん、平和な表敬訪問でもないと思います」

『ふん。我々は薄明の枢機卿と繋がっている。異端者狩りの名簿があれば、筆頭に名が挙がってるだろう。それについては？』

シャロン本人が空を飛んできたのは、これが理由だったらしい。シャロンは鷲の化身だが、相方のクラークは普通の人間なので、シャロンとしてはクラークを守らなければならない。

「ないとは言いきれませんが……」

ハスキンズを見やると、黄金羊は言った。

「考えにくい。異端者を狩る余裕があれば、救援の手紙を持たせた小僧が一人、ぬかるみをとぼとぼ歩いてはいまい」

シャロンは納得したのかしていないのかわからないが、ひとまずそれ以上質問はしてこなかった。

『なんであれ穏やかではない。私は戻る』

「は、はい。お疲れさまでした」

ばさばさと納屋の中で羽ばたいたせいで、羊毛の埃が舞う。

咳き込んで手で払っているうちに、換気のためだろう開けっ放しになっていた木窓から飛び去っていった。

「行くのかね」

ハスキンズの短い問いかけだった。

「行きませんと。おそらくハイランド様が対応を余儀なくされているはずですから」

ハスキンズはその答えにふっと目元を緩ませ、言った。

「足元はおろそかかもしれないが、正しい方向を見ている」

「それは」

「足元は側にいる者が見ている。自信を持って大股に進めばいい。私の物語では、少なくともそれでうまくいった」

底抜けに楽天的な若い貴族と、泥を啜る覚悟の下に古い時代の息吹を今に伝え続ける年老いた羊。彼らはそうしてひとつの時代を駆け抜けたのだ。

私たちはそんなに凄いものでは、と言いかけたが、すんでのところでこらえることができた。

ミューリはまさにその凄いものを、紋章に込めたいと望んでいる。

ならば自分が否定してはならない。

「参考にさせていただきます」

肩をすくめたハスキンズに背中を叩かれ、納屋から出た。

「えーと、まず護衛の方に出発を告げないといけませんが……」

いきなり街に帰ると言われたら、拒否はしないまでもいぶかるかもしれない。

「鷲のことが秘密なら、胸騒ぎの原因は聖母像が涙を流したから、とでも言っておこう」

ここはブロンデル修道院なのだから、危難を告げるそんな奇跡もあるだろう。

「では私はミューリを呼んできます」

そうして走りかけた時、またハスキンズが言った。

「いや、書庫へは私が行こう」

「え？　大丈夫です。十年以上前に来たきりですが、書庫の場所は覚えていますよ」

あの時は商人がたくさんいて、確か聖遺物の目録のようなものを見せられた。

初めてロレンスたちの役に立てた気がして張りきったものだ。忘れるはずもない。

ハスキンズはなおなにか言いたそうにしていたが、結局口をつぐんでいた。

小走りに駆け、記憶のとおりに進んでいき、書物を盗み出そうとする者を威嚇するために彫られた悪魔の像の下を潜り抜け、書庫の管理官を探す。

鼻の長い痩せた管理官は、億劫そうに利用者名簿を指さしてくる。

連れの者に急用です、と告げれば、肩をすくめられた。

「では書籍はそのままにして、書物の鍵だけこちらに持ってきてください。慌てて片付けられては、本が傷む恐れがあります」

書物に鍵。最近はだいぶ減ってきているが、古い書庫ならば、小口に鍵をつけて鎖で書見台に繋がれているところが少なくない。

「心得ました」

と答えれば、管理官はこちらが書物に縁のない無知な者とは違うと思ったのか、大仰にうなずいて、扉を開けてくれた。

たちまち漂う埃と革、それにインクの匂いに懐かしい気持ちにいっぱいになりながら、深遠な森のような書庫を奥に進んでいく。

そして書見台にかじりつくようにして、大きな本を広げていたミューリの背中を見つけた。

「ミューリ」

他に利用者もいなかったが、なんとなく癖で声を潜めて名を呼ぶ。

するとよほど集中していたのか、飛び上がらんばかりに驚いていた。

「あ、えっ、え、兄様？」

「ミューリ、さっきシャロンさんが来て、ラウズボーンの街に——」

「は？　鶏が？」

たちまち不機嫌になりかけたミューリだが、こちらの視線に気がついて慌てていた。

「あ、これは、兄様っ」

ミューリがぱたんと大きな本を閉じても、その時にはすでに自分の手が横に積まれた本に伸びている。ざっと開けば、なんの本かすぐに明らかになった。

「……あなた、この本は……」

ミューリは下唇を噛みながら目を逸らし、全身で返事を拒否していた。

しかし、言い訳の余地もない。三冊目も、四冊目も開けば、内容はほぼ同じ。

そこにあるのは熊の挿画であり、そのうちの一枚ははっきりと、巨大な熊が月に手を伸ばしていた。

「……」

ミューリは頑なに返事をしない。ニョッヒラでも一度こうなると手ごわかった。

悪いことをしたというのは言いがかりだと、徹底抗戦を決め込んでいるか、悪いとわかっていても謝る気はない、と腹をくくっているかのどちらかだからだ。

そして月を狩る熊の話をこっそり読みにきていたのは、その両方だろう。

「……とにかく出ましょう。シャロンさんがラウズボーンの街の様子を教えてくれたんです」

ミューリの手を取ると、ミューリはなんの反応も見せないが、振りほどきもしない。

熊の話題は、自分たちの間では扱いに困る代物になっていた。自分がそうであるように、ミューリもどういうふうにふるまえばいいのかわかっていないのかもしれない。

手を引けばついてきてくれるだろうと信じ、残る手で机の上の鍵を拾い集める。

「全部で何本ですか?」

「……五本」

数はあっている。うなずいて書庫を出て、管理官に手渡して外に出た。

「ああ、そうか」

と、書庫の前にある石段を下りてから、気がつく。

「お寝坊のあなたが夜中に起き出し、羊を外に連れ出すのにもついていったのは、ハスキンズさんとこのことを話すためだったんですね」

だからハスキンズは、護衛がついてくるのは止めず、自分だけを止めた。それからミューリが熊の本を読みに書庫に行っていることと、熊の話を自分が嫌がることを知っていて、書庫に行く自分を止めようとしたのだ。

となると、ひとりでに導かれることがある。

「じゃあここに来たのが、そもそも――」

「それは違う」

ミューリが言って、立ち止まる。

「……本当に、紋章のことも聞きたかった」

わざわざ嘘も言うまい、と思ったし、嘘だと信じたくない理由もあった。

ミューリは紋章をとても楽しみにして、ありったけの大切なものを詰め込みたいと考えて、ここに紋章の話を聞きにきた。

それが単なる口実だったと言われたら、あまりに悲しすぎる。

「ミューリ」

その名を呼んで、力なく繋がれている手を少し振った。

「ここを出て街に向かえば、ずっと護衛の人がいます。それに街に到着したら、また大騒ぎの渦中かもしれません。話をしましょう」

ミューリは道に迷った女の子のように力なく立ち尽くしていたが、やがてゆっくりと、窺うようにこちらを見た。

「鶏は、なんて?」

「ラウズボーンに、聖クルザ騎士団が来たそうです」

ミューリの目が見開かれる。

「ですが、いきなり街に攻め込まれた、という感じでもなさそうです。荷造りまでの間に少しお話しするくらいの時間はあるでしょう」

ミューリが視線を逸らしたのは、こちらを見たくないからではなく、この敷地にいるはずのローズを探したのかもしれない。

そして、こちらに向き直る。

「兄様、怒らない？」

怒られたくないというより、怒り出されると面倒くさいというような聞き方に、むしろいつものミューリだとほっとする。

「場合によります」

ミューリははっきり嫌そうな顔をして、ため息をついたのだった。


沈黙の掟がある修道院はことに静かで、物音といえば羊の声か、敷地内の畑で働く修練士が行きかう足音くらい。

シャロンが飛び去った納屋の陰にあった木箱に並んで座り、ミューリは言った。

「ハスキンズお爺さんに、王国の話と騎士団の話を聞きたかったのは本当だから」

つんけんした話し方なのに、口調そのものはちょっと弱い。

ミューリとしてもそこは疑われたくないということだろう。

うなずくと、ミューリはため息を挟んでから言う。

「でも、熊のことを聞きたかったのも本当」

精霊の時代を終わらせたという、月を狩る熊。

何百年か前に起きたという、月を狩る熊と他の精霊たちの争いの伝説は、人の世にもおとぎ話として残っている。熊の爪によってできた渓谷や、山を引っこ抜かれてできた湖に、その山が海に放り投げられてできた島、という話だってある。

ひとつひとつは荒唐無稽に思えるその話だが、そういう古代の話をたくさん集めた時、別の姿が見えてくる。熊は森や山の王たちと戦い、土地から土地へ移動していたのではないか。最後には西の海に到達し、姿を消したのではないか。

そして、月を狩る熊に多くの精霊たちが殺されたため、彼らの時代は終わったのではないか。

ミューリの両親であるホロとロレンスたちの旅でも、そこまでの話は集まっていた。

月を狩る熊というのはおそらく実際にいて、多くの者を屠ったのも事実。

だが、ホロとロレンスたちの集めた話では、ひとつの謎が残ったままだった。

月を狩る熊はその後、どこに行ったのだ？

その問いの答えに関する話を、北の島嶼地域で知り合った鯨の化身であるオータムから聞いた。それが海の底に残る、巨大な足跡という話だ。

しかもその足跡は、人の世に出回る、ある噂と符合していたのだった。

人は技術力によって森を切り開き、船に乗って世界地図を広げてきた。謎だった暗がりは照らされて、精霊の時代の生き残りはますます居場所を減らしていく。そんな時代にあって、神秘を減らしていたはずの新しい知識が、古い伝説の新たな一面を照らし出していた。

それが西の海の彼方にあると言われる、新大陸の話だった。

奇しくも月を狩る熊が姿を消したのも、西の海。

ミューリにとって月を狩る熊の話とは、母である賢狼ホロの故郷の友を殺めた仇であると同時に、とてつもない冒険の始まりを告げるかもしれない存在なのだ。

片方の手だけで摑むのならば、そっと外すことができたかもしれない。

しかしこのミューリが両方の手でがっちり摑んでいたら、手放させることは容易ではない。

「ハスキンズさんなら当時の話、月を狩る熊が暴れていたまさにその時の話を知っている……そう考えたんですね？」

口にしてみればすぐに連想できそうなものなのに、まったく想像もしていなかった。そもそも自分は、ブロンデル修道院を訪れるということの意味さえ、全く深く考えていなかった間抜けなのだ。この話のように尺度が壮大すぎると、尚更隣になにが置かれているのか見えなくなる。

「だって、母様はその時代には少し離れた場所で呑気に麦穂を見つめてたって言うし、鯨さんは海の底でのんびりしてたって言うし、イレニアさんは私よりちょっと年上なだけだって言うんだもの」

イレニアの見た目は確かにミューリより数歳年上のお姉さんだが、きっと実年齢は自分よりはるかに高い……とは思ったが、言わないでおいた。

「あの時代の話を知ってる存在なんて、道端に落ちてる金の塊より貴重じゃない。それに、イレニアさんはハスキンズお爺さんと仲が悪いって言ってたし」

時代の流れの底にある、砂礫の下に身を隠そうと決意した身、とハスキンズは自身を許していた。一方のイレニアは、人ならざる者たちの国を創ろうと決意し、海のはるか先を見据えている新時代の申し子だ。

目的は似ていても、手段や考え方は真逆と言っていい。

二人はまさに、古い時代と新しい時代だった。

「でも熊の話を聞きに行きたいなんて言ったら、兄様は絶対にだめって言うはずだもの」

「それは……まあ……」

「そうしたら紋章の話が出てきて、書庫で本を読んでたら、羊さんの紋章とか、そういう聞きたいことがいっぱい出てきた。で、そっちなら兄様を説得できそうだと思った」

こちらがミューリを生まれた頃から世話しているように、ミューリは生まれた頃からこちらのことを見つめている。そして最近では、ミューリのほうがだいたい一枚上手だ。

「それに、私が知りたかった熊の話は、多分兄様が思ってるのと違うことだよ」

「え？」

ミューリは月を狩る熊を仇と見なしている。その時にミューリが見せる暗い目を見るのが辛くて、ミューリにはこの話に関わって欲しくないと願っている。

ただ、目の前のミューリは復讐の炎を揺らめかせるのではなく、記憶の中に身を沈めるように、遠い目をしていた。

「たっくさんの本の中の紋章を眺めてて、おかしいなって思ったことがあったの。紋章の起源に関する本を調べれば調べるほど、その変な感じは大きくなっていった」

ミューリはそう言って、顔を上げると道の先に向かって手を上げた。

見れば、ハスキンズがいた。

「紋章には物語があったり、理由があったりする。海で戦う騎士団なら、口に帆を咥えた亀さんの図柄にするとか」

ユラン騎士団だった気がする。

しかし、それと熊の話がどうかかわるのかわからない。

そう思っていたら、ハスキンズがやって来た。

「怒られたか」

ハスキンズは真面目な顔なので、冗談かどうかわかりにくい。

ミューリはふてくされたように肩をすくめた。

「お前が怒るから黙っていて欲しいと言われた」

ハスキンズに怒っても仕方ない。

ただ、聞きたいことはあった。

「ミューリとどんな話を？」

月を狩る熊の話。

ミューリはその存在について、紋章にまつわる話を見ていて違和感を抱いたという。

「驚くような話だ。私も目を瞠った」

そして、もはや驚くようなことなどこの世になさそうなハスキンズが、そう言ったのだ。

「あれがもう何百年前の話なのか……時の中で風化して、もはやそれ以上削れることのない河原の石のようになっていた。まさかそこに、考えてもみなかった面があるなどとどうして思う」

野の賢人と称される羊飼い。

その羊飼いが、太陽を見上げながら言った。

「あったのだな。生まれた頃から見ているあの太陽に、まだ問いかけるべき言葉があるように」

ハスキンズがミューリに協力したのは、単に幼い少女のためを思って、ということではなかったらしい。そこにはそうするべき、価値があったのだということなのだから。

「兄様、狼の紋章と一緒」

ミューリが言った。

「熊はどの存在よりも強かったのに、紋章はほとんど残ってなかったんだよ」

「……」

紋章には流行がある、とお守り屋の店主は言っていた。

その点で、狼は古代帝国の旗印だったこともあり、古すぎることが理由で廃れていった。

けれども狼の神秘的なたたずまいや、あるいは森の中を駆け巡る狩人としての姿は、今でも傭兵たちに人気がある。

ならば山の象徴として鹿や、海の象徴として亀が選ばれたように、力の象徴として熊の紋章が作られないのは、確かにおかしかった。

あらゆる古の精霊が敵わなかった、暴力の王。

熊の紋章が世に溢れる要素は、揃っている気がした。

「一度そうやって疑問に思ったら、聞き集めた昔話にもどんどん不思議なことが出てきたの」

「私も問われて言葉に詰まったものだ」

ハスキンズが、透きとおった目をこちらに向けてくる。

「月を狩る熊の伝説は常に夜と一緒だが、それはなぜだ？　と問われたのだから」

自分もまた戸惑った。もちろん問いそのものの意味は分かる。確かに月を狩る熊と言われると、月という単語のせいか、夜の印象と強く結びついているからだ。

しかし、なぜそんなことを問うのか。単におどろおどろしい存在を語るための便法に過ぎないのでは。

そして、ミューリにとってはそうではなかったのだ。

「兄様、月を狩る熊は山に腰掛けるくらい大きいんだよ。夜ならともかく、昼間は一体どこに身を隠していたって言うの？」

「……」

「あっちこっちで悪さして、恨みも買いまくってたはずなのに、のんびりお昼寝なんて絶対無理でしょ？　そうでなくたって、あそこの山で山より大きな熊が寝ていたっていうおとぎ話がどっさり残っていたっておかしくない。だって、手を伸ばしたら月も狩れるくらいに大きな熊なんだから」

言葉がなかったし、即座に喉から出かけたものといえば、おとぎ話にそんな指摘は野暮、というものだった。

その言葉が出なかった理由に、我ながら呆れる。

なにせ目の前には、ウィンフィール王国建国に手を貸した、伝説の黄金羊がいるのだから。

その伝説上の存在であるハスキンズが、静かに言った。

「月を狩るという呼称は大袈裟だったか？」

ハスキンズは自身の言葉に、ゆっくりと首を横に振る。

「私は仲間と共に逃げる時、こう思ったものだ。どれだけ走ろうとも、まるで離れている気がしない。奴の黒い影は常にそこにあった。月に照らされ、まさに月のようにそこにあった。それほどの巨大さだったのだ」

距離感を失うほどだったのだろうが、同時にここでもまた、夜だ。

「その熊が昼間になにをして、どこで寝ているかなど……」

ハスキンズは、半分笑っていた。

「想像すらせん。あれはそういう対象ではなかった」

近すぎるゆえに見えなかったこと、というのはあるだろう。

「だが、言われてみれば確かにそうだし、人の目にもっと触れたはずだ。各地に残る、その土地に住む我々のような存在と同様にな」

ミューリの母親である賢狼ホロも、北から南に旅する過程で、いくつかの目撃談が現在にまで残っていたらしい。

ならば月を狩る熊は、もっとはっきり残っていてもおかしくない。その勇猛さに驚嘆し、その神々しさにあやかろうとする王たちがいたっておかしくない。

「狼の紋章が少ないのは残念だけど、昔は多かったって記録にも確かにあるし、今も使っている人たちがいる。でも、熊はそれが極端に少ない。月を狩る熊の話が事実なら、おかしなくらいに」

ミューリの言葉はもっともな疑問に満ちていた。なにか釈然としない。

古い言い回しでも、熊のように強い、というものがあるくらい、力を表現する存在の代名詞なのだ。紋章の図柄に採用されるには、それだけでも十分な気がする。

今なお森の中で見かける普通の熊でさえ、狼の群れより厄介かもしれないのだから。

「それで熊の紋章のことを調べたら、熊の紋章を使ってる家は大昔に絶えてるのが多かった。まるで呪われているみたいに」

「え？」

聞き返すと、ハスキンズが少し楽しそうに言った。

「この年頃の子供は、とんでもない発想をすると思ったものだ」

ミューリは赤い瞳をぱっちり開き、こちらを見つめていた。

理知的な、そして溢れるほどの想像力に満ちた若い瞳だ。

「月を狩る熊は、人に化けられるんじゃない？」

目の前に答えがあるのに、いつでもそれを利用できるわけではない。

「これが、熊が昼間になにをしていたかの答え。普通に寝てたんだろうね。で、そうなると西の海に消えた、なんて話もなーんか変な感じがするんだよね」

恐れを知らない若さを持つミューリは、想像の世界でもためらいなどしない。

「もしかしたら、身を潜めたかったのかもね」

ひとつの時代を終わらせるほどの戦乱の後、勝者もまた、なぜか時の流れの中に消えてしまった。

なぜかと問うた時、自ら消えたとするのなら、答えとしては最も簡単だ。

ただ、そうなるとミューリの話は、ついさっき出てきた奇妙な疑問に、不気味な答えを出すことになる。

「だとすると……熊の紋章の家が少ないというのは……」

「そう」

ミューリが、にやりと笑う。

「月を狩る熊が殺して回ってるんじゃないかって。自分の存在を隠すために」

「いや、えっと……」

ミューリの話はなんとなく不可解な熊の話に説明をつけてしまうが、こじつけ感はもちろんある。なぜそんなことをしたのか？　というのが最大の理由だ。わざわざ夜にだけ現れて、ひとつの時代を終わらせて、世界に文字どおりの爪痕を残した後に世界を征服するでもなく、自身の存在を隠すために西の海に消えたと見せかけることまでした。さらには人の世にも記憶が残らないように、自分の存在を崇める者たちを殺して回って……。

そして賢いミューリの賢さは、到底自分の及ぶところではなかったらしい。

もちろんそこにも考えを至らせていたのだ。

むしろ輝く顔を見る限り、そここそが、肝心かなめの肝だったのだとわかった。

「羊と狼では、見ている世界が違う。いや、この娘に関して言えば、触れてきた物語の数が違う、というほうが正しいやもしれない」

「ねえ兄様。月を狩る熊が滅ぼしたひとつの時代の後、覇者になったのは誰？」

ハスキンズの呟きに、ニョッヒラでは誰よりも物語が大好きなミューリが、言った。

足元が崩れ落ち、ぽっかりと奈落の底が空くような感覚。

まさか、そんな、馬鹿な。

ミューリは言った。

「兄様は、神様に会ったことがある？」

悪い夢に、目を覚ましたまま突き落とされた。

それくらいの衝撃であり、ミューリの言葉が遠くに聞こえた。

もちろんその考えが正しいという証拠はどこにもない。笑い飛ばすことにすら値しないような、子供の空想だと無視することもできる。

だが、ハスキンズがこう言うのだ。

「聖典は複数の人間が著した、神の御言葉を集めたものだ。しかし神の目撃談そのものはどこにもない。さらにその教えにもやや奇妙なところがある。薄明の枢機卿殿は、確か聖典を俗語に翻訳するような作業をしていたと思うが、こう思ったことはないか？　万物は神がおつくりになられたのに、なぜ教会は人ならざる者を目の敵にするのだと」

そして、かつて人ならざる者たちと戦った熊がいた。どういう理由なのか、森の精霊たちを殺して回っていた。

性格的には真反対のはずの、ミューリとハスキンズが同じ側に立っている。

自分にどうして耐えられよう？

「あとね、兄様。これは私がもしかしてって思ってハスキンズお爺さんに聞いたんだけど」

ミューリはそれから、咳払いして言った。

「熊の化身に会ったことある？　って」

ハスキンズを見れば、答えは明らかだった。ハスキンズ自身、百年前に落とした納屋の鍵を草原で見つけたような顔をしていた。

「ない。私は会ったことがないのだ」

狼の化身はホロだけではない。羊の化身もハスキンズだけではない。

鹿も、兎も、他の化身もきっとそう。

ならば、熊もまた、そうであってしかるべき。

「十数年ほど前、ここに現れたおかしな連中は面白い話を持ち込んできたが、今回は輪をかけて面白い」

荒唐無稽か、さもなくば気宇壮大か。なんであれ誰も考えてもみなかった尺度の話であり、誰も試みようとすらしなかったような考え方。

ぐるぐると天地がひっくり返るような眩暈の中、しかし北極星のように目につく点もあった。

「では……新大陸の話は、嘘？」

海の底に残っていた月を狩る熊のものと思しき足跡は、西の海の果てに消えたという目くらましのためだったのか。

新大陸の話がいかにも熊と繋がりそうなのは、たまたまだということか。

その問いに、ミューリはハスキンズを指さした。

「ハスキンズお爺さんと仲の悪い、イレニアさんの話を思い出して」

「……あの小羊は、お前の母以上の生意気さだ」

ふわふわの黒い髪の毛が印象的なイレニアだが、ミューリが尻込みするようなハスキンズと意見を戦わせ、袂を分かったというのだからなかなかのものだが、どうやらホロ以上の難物だったらしい。

「私の考えはこう。まず、月を狩る熊は自分たちの国を創ろうとした」

大戦争を起こしていたのだから、その仮定はすんなり頭に入る。それに目の前のハスキンズも、あのイレニアも、方法こそ違えど同じことを目指している。

「でも戦いの後、熊だけで王国を作るのは大変だったのか、それとも人間の世界を裏から操ったほうが早いと思ったのか、教会を作った。けど、それはやっぱり次善の策ってやつで、本当は熊だけが暮らす新天地が欲しかった」

「北の大地でさえ、当時から人によって森の闇を払われ始めていた。人というのはその数と、特に技術という独特の力によって、我らの世界には存在しなかった影響力を持ち始めていた」

「……だから、人のいない場所を求めて？」

狼と羊はその問いに答えず、ただ人である自分を見つめるのみ。

こんなばかげた話、まともに検討しろというのだろうか。

なによりそれが正しければ、自分たちの崇めていた神は全くの作り物どころか、熊だというのだから。

首から提げた紋章を、縋るように握った。

「あなたは、それが正しいと？」

ミューリに問いかける。

可愛がっていた妹としてではなく、信仰そのものを否定せんとする者として。

「全部正しいのは、難しいと思うよ」

こちらの真剣さを知って矛を収めた、という感じではなかった。

ミューリは賢く、その頭の良さはこちらが舌を巻くほどで、真剣に考えたことについては、あの賢狼ホロに匹敵する冷徹さを見せる。

「特に、月を狩る熊が教会を作ったって言うところ。ここは、そうだったらすっごい面白いなって。兄様も、ぽかんとしたでしょ？」

悪戯っぽく笑って見せる様に、怒ればいいのかさえわからなくなった。

「ただ、もし熊本人が神様だとしたら、教会にはこの修道院みたいに、熊の人たちがわらわら集まってると考えたほうが自然でしょ？　なのにハスキンズお爺さんくらい長生きしてる羊さんでも会ったことがないって、あり得るかなあって」

教会組織は教皇を頂点として、その直下に枢機卿と呼ばれる者たちが何人かおり、執政を行っている。世界地図は彼らの采配によって分割され、それぞれの土地を大司教や司教といった職階制度に従った人々が治めている。

どの立場の人も人目に触れる機会が多く、それは異端審問官ですら同様だ。

町で偶然人ならざる者同士がすれ違えば、おそらく互いにわかるはず。

誰も気がつかないなど、あり得ない。

「可能性としては、月を狩る熊は海を渡ってあっさり新大陸を見つけ、こっちでせっせと教会を作ってた熊たちと一緒に海を渡った、とも考えられる。これだと、ハスキンズお爺さんでさえ熊たちに出会ったことがない理由も説明できる。もちろん……」

と、後ろ手に組んだミューリは、意地悪そうに笑って小首を傾げた。

「兄様が神様に会ったこともない理由もね」

眉尻を吊り上げると、ミューリはわざとらしく頭を抱えて距離を空ける。

けれど怒りの言葉なんて出てくるはずもない。

そんな荒唐無稽な話に本気になるのは、寝言に真面目に返事をするようなものだ。

「信じて、とか言うつもりはないよ」

ミューリは言って、屈託なく笑う。

「でもお話としては、すっごく面白くない？」

耳と尻尾が出ていたら、ぱたぱた振られていたかもしれない。

毒気が抜かれるには十分すぎるくらいの、無邪気さだった。

「ふるーい昔話にも本当の出来事があって、そうだとするとおかしなところがあって、最近になって新しく出てきた噂話がある。しかもなんとなく繋げてみたら、うっかり繋がっちゃいそうな雰囲気まである。そんなの放っておくなんて、もったいないでしょ？」

「あなたは……」

そうとだけ言って、もう言葉にはならない。

ミューリにとっては、あらゆることが玩具なのだ。

けれど、そんなミューリを見てふと思い出す。

ミューリはニョッヒラから出てきてすぐの頃、商会の壁に張られた世界地図を前にして、呟いていた。耳と尻尾を隠さないでもいられる土地がどこかにあるのだろうか、と。

世界はこんなにも広いのに、ミューリという少女には冷たく作られている。

ミューリには、悲しい顔や、めそめそした様子は似合わない。

むしろ世界を丸ごと玩具にして、途方もない法螺話にわくわくしてくれていたほうが、そんな冷たい世界への意趣返しのようで、胸がすく気もする。

「月を狩る熊の話について、ふたつ約束してください」

「？」

ミューリは目をぱちぱちさせて、こちらを見た。

「昔の狼たちの仇討ちだと思わないこと」

その言葉には、ハスキンズもミューリを見やる。ミューリは自分よりも、むしろハスキンズのほうを気にしていたので、復讐についてはなにか言われたのかもしれない。

ホロの時もそうだったが、若い狼をたしなめる老羊、ということだろう。

「ふたつ、目は？」

とはいえミューリも簡単には返事をしない賢しらさを持っている。

仕方なく、ふたつ目を言った。

「神はいらっしゃいます」

多分、と口の中で付け加える。

ミューリは目を丸くした後に笑いそうになって、さすがに笑ってはいけないと思ったらしい。

ごほんと咳払いをしてから、肩をすくめた。

「神様なんていないほうがいいよ。そうしたら、兄様はずっと私を見てくれるんだし」

その自信はどこから来るのだと言いたいが、それがミューリとも言える。

それに、その軽口は落としどころでもあった。

「それから、熊の話を集める時には私をたばからないでください」

「ふたつって言ったのに！」

ミューリは口を曲げ、頭を掻いてからいったんハスキンズを見る。

ハスキンズがいつもの無表情のままなので、肩をすくめて空を仰ぐ。

「はーいっ」

そして、こちらの差し出した手を、おざなりに握ってくる。

悪戯がばれてふてくされた、お転婆な女の子そのままに。

「紋章を作るとしたら」

「？」

ミューリがこちらを見る。

「そっぽを向いた狼の図柄にしたらどうでしょう」

「はあ⁉」

ミューリは怒ってこちらの腕を叩いてくる。

その手を受け止めながら、けれども悪くないのではと思った。

足を揃えて座り、そっぽを向いて遠くを見つめる狼の絵。

それは面白そうななにかを探し、常に先を見据えた狼の姿にも見える。

その視線の先には、誰も想像もしたことのないような世界が広がっていて、今にも駆け出しそうにそわそわしている。

ミューリにそれ以上似合っている図柄など、想像もできない。

「兄様の馬鹿！」

自分より大人なようでいて、時折とんでもないことを言い出す少女。

静かな修道院に、そんなミューリの罵声が響き渡ったのだった。


荷造りをし、慌ただしくブロンデル修道院を後にした。

用意をしている間中、ミューリは読みかけの書庫の本とローズのことを気にかけていたが、どちらもハスキンズが後のことを請け負ってくれた。ミューリを気に入ってくれたのかもしれない。

こうして護衛とともに帰路につき、シャロンの言ったとおり、二日目の昼頃、街道の上でハイランドからの使いと行き会った。使者はこちらがのんびり荷馬車に揺られているのを見て、馬に乗って足を速めて欲しいと急かしてきた。尻のことでひどい目に遭ったミューリはあくまで断るかと思ったが、滞在していた先では羊の毛刈りの真っ最中だった。ミューリはたっぷり羊毛を詰めた袋をもらってきていたので、今度は大丈夫のはず、と言っていた。

羊毛の詰め物おかげか、あるいは幾分尻に耐性がついていたのか、早馬に乗り換えたミューリは音を上げず、三日目の夜にはラウズボーンの市壁に到着した。翌日まで待たされるかとも思ったが、ハイランドが書いてくれた通行証を見せることで無事に街に入る。

「王国と敵対する教会の、最精鋭の騎士団です。注意しましょう」

ミューリはふかふかの羊毛の詰め物の上で、もぞもぞしつつうなずいていた。

使いの者は、少なくとも街を出る時には一触即発のような雰囲気ではなかった、と言うものの、事態がどうなっているかわからない。

やや寂しい感じのする旧市街を通り抜け、川を渡り新市街に入る。

時刻は夜。とっくに日が暮れて久しく、ブロンデル修道院ならばすべてが眠りについている頃だ。その時刻にあって、ラウズボーンはいつになく賑やかに見えた。

道のあちこちでかがり火が焚かれ、人が繰り出し、剣のようなものを振り回している。

教会から騎士の集団が送り込まれてきての厳戒態勢……には、とても見えなかった。

「わ、兄様、見てあれ。木と布で作った甲冑？」

馬の背に揺られ、ふわふわの羊毛の詰め物の上に座ったミューリが、辻の一角を指差しながらそう言った。そこではりぼての甲冑を着た男たちが、房飾りのついた木剣をゆるゆると打ち合い、台詞を叫び、また打ち合っていた。

「あの台詞、有名なタールダンクの戦いだよ」

そういう名前の戦いを描いた有名な演目らしい。

こんな夜更けに辻で演劇など取りしまられそうなものなのに、あっちこっちで楽器が掻き鳴らされ、人々が騒いでいる。共通しているのは、演じられているのがいずれも騎士を題材にしたものということ。

一体なんなのかと思いながら、貴族たちの邸宅が並ぶ瀟洒な地区に到着すれば、こちらはさすがに静かだったが、いそいそと夜のお祭り騒ぎに出かけようとする身なりの良さそうな人たちとすれ違う。

数日ぶりのハイランドの屋敷は、かがり火の猥雑な明かりに満ち満ちた街中を通ってきたせいか、ひどく静かに感じられた。しかし、それは気のせいではなかったようだ。

下男に迎え入れられると、先導してくれた使者と護衛が、揃って驚きの声を上げ、駆け出して外に行ってしまう。

ミューリと顔を見合わせていたら、扉を開けて意外な人物が顔を見せた。

「おや、馬鹿に早いな」

「エーブさん？」

ハイランドの屋敷に主は不在で、代わりに美しい娘を連れた大商人がいたのだった。

エーブの側には、いつも微笑んでいる美しい娘がいる。砂漠生まれだと言い、エーブが外に出る時は派手な傘を彼女に差しかざす娘は、南で流行している茶を煮出した後、ミューリには生の葡萄を出してくれた。こんな季節に生の葡萄など、一体どこから仕入れてくるのかわからないが、ミューリは大喜びで緑色の皮ごとしゃくしゃくと食べていた。

「私がここにいるのは、留守番さ」

そう言うエーブが手にしているのは、ミューリがここに来るまで尻の下に敷いていた、羊毛の詰め物だった。中の羊毛の具合を確かめているので、仕入れのことでも考えているのだろう。

「ハイランド様は大聖堂に？」

屋敷が静かなのも、多くの下男や下女がそちらについていっているからだろう。

とはいえ、そうすると血相を変えて屋敷から出ていった使者と護衛の様子が気になる。

「大聖堂で騎士団と話し合いを続けている、ということになっているが、体のいい人質だな」

驚いて椅子から立ち上がりかけたものの、エーブはおろか、ミューリも呑気にしゃくしゃくと葡萄を食べ続けている。

「今のところは大丈夫なんじゃない？」

「いや、ですが……」

ごくんと葡萄を飲み込んで、ミューリは肩をすくめる。

「街がこんなに賑やかなんだもん。騎士団の人たちは大聖堂にこもりっぱなしとかじゃなくて、ちょくちょく表に出てきてるんじゃないかな」

「……」

あまりに見てきたかのように言うので、なにも言えずにエーブのほうを見る。

「まるで見てきたかのようだ」

エーブは言って、もてあそんでいた羊毛の詰め物を傘持ちの娘に渡した。

「事実そのとおりだ。騎士団は街に入る前に、お行儀良く正式な使者を大聖堂に差し向け、市政参事会の同意を待ってから沖合に船で現れた。入城の行進もあくまで丁寧だった。さすが聖クルザ騎士団、という評判がいっぺんに立った」

「そう……なのですか？」

「大聖堂前では希望する衛兵に稽古をつけているし、街の娘たちはこぞって若い騎士の頭に花輪を載せたがっている。聖クルザ騎士団で戦う騎士となれば、ちょっとした伝説の英雄みたいなものだからな。しかもラウズボーンの都市貴族出身の騎士もいるから、そりゃあ盛り上がるさ。この通り沿いに家があってな。今夜もお祝いの客がこぞって押し寄せて、大宴会だろう」

その言葉に、しくしくと胸が痛んだ。

ブロンデル修道院がある地方出身だったというローズ。

しかしそのローズは、口減らしのために幼少の頃、家から遠く離されていた。

「まあ、君が嫌そうな顔をしているとおりで、当の騎士本人は複雑だろうがね。道中で拾った見習い騎士から話を聞いたんだろう？」

　ローズの話もすでにしてある。

　ため息交じりにうなずくと、エーブは茶を啜った。

「黄金羊騎士団なら、王宮への取り立てもあるし、うっかりどこかの領主の娘と結婚できるかもしれない。それでなくたって、普段は気軽に会いに行ける土地にいる。だが聖クルザ騎士団だ。クルザ島の位置を地図に描ける奴がどれくらいいるんだ？　年季の入った貿易商人でも、なかなか難しい」

「神様にすべてを捧げて、聖クルザ騎士修道会に入るんだよね？」

「よそで子供をこさえて、家督争いの火種を作られないよう、生涯独身の誓いを立てさせる必要があるからな。あそこは、ある種の出稼ぎだ。稼ぐのは金ではなく、名誉のね」

「名誉の？」

　聞き返せば、エーブはコホンと咳払いをする。

「あら、あなた様の弟君は聖クルザ騎士団に？　ご立派ですわ、そんな家柄ならうちの娘を任せても安心ですわね、てなもんだ」

　貴婦人の声真似をするエーブに、ミューリは大笑いしていた。

「弟君の活躍を享受するのはすべて兄さ。それで良い嫁を娶り、信仰篤い家の家長として名を高め、順調に出世する。その間に弟君は、年中暑くてろくに木も生えない岩だらけの島で、なんの楽しみもなく剣を振る毎日さ」

エーブの言いたいことはわかったが、俗世の利益ばかりが人間の幸せではない。

ローズはきっと、金貨を数えるよりも聖典の頁を繰っているほうが心落ち着く類の人間のはず。聖クルザ騎士団に集うのは、少なからぬそういう人たちのはずだった。

だからこそ、教会と対立する王国出身ということで、信仰までもが疑われているというのは、本当に辛いことだろうと思う。

「王国出身の騎士たちが集う分隊を率いるのは、ウィントシャーというまあまあ名の知れた家柄の出身者だがね、部下想いの良い奴なのだろうな」

エーブは少し目を細め、なにか痛みをこらえるような笑みを口元に浮かべていた。

「最後の晩餐ならぬ、最後の凱旋を部下に味わわせているんだよ」

「……」

しゃくっという葡萄を頬張る音がした。

「やっぱり、解散しちゃうの？」

ミューリの言葉に、エーブはしばし視線を上げなかった。

エーブもかつてはこの王国で貴族であり、没落によってその座から滑り落ちた。

その目が見ていたのは、最後に生家を後にした時の光景かもしれない。

「王国からは寄付金を止められ、教皇や周りの仲間からは敵だと見なされている。この状況はもう数年変わらないだろうし、良くなるとも限らない。信仰に生きる騎士たちも、腹は減るし、装備は傷む。どこかの物好きな大商人でも捕まえれば、当面の生活費は賄えるかもしれないが、そうまでしてもなお、あの高潔なる聖クルザ騎士団と言えるだろうか？」

それゆえの、解散。

せめてもの部下たちへのはなむけとして、まだ騎士団の体を保っているうちに王国に戻り、騎士団として人々から歓待を受けさせよう、ということなのだ。

今までは実家ばかりが享受していたその名誉を、せめて最後には騎士本人たちに振り向けようと。

「では、ハイランド様は、ある種の歓待役として、大聖堂に詰めているということですか？」

傍系とはいえ王族なので、ハイランドが出向けば騎士たちの面子も立つだろう。

「だいぶそういう知恵が回るようになったな。そのとおり。少なくとも民衆からは、王家の人間がつきっきりで騎士団をもてなしている、という構図になる」

含みのある言い方に、眉を顰める。それが気のせいではないのは、ミューリもなにか探るような目つきをしていたことからも明らかだ。

ただ、ミューリはその間も葡萄をしゃくしゃく言わせていたので、どうにも気が散った。

「騎士団の王国上陸には、なにか隠された理由があると？」

ミューリの手から葡萄を取り上げようとしたが、頑なに拒否された。

「私の性格が悪いせいかもしれないがね、そう思える。それと、葡萄ならたくさんある」

「いえ、私が食べたいわけでは……」

ミューリはベーっと舌を見せて、また一粒口に放り込む。

「教皇様からなにか密命を受けて、ということですよね。しかし……戦という感じはしないのですが」

まさか和解の使者だろうかと思ったが、そうなるとローズの存在がしっくりこない。

和解の使者として送り込まれた者たちが、救援の手紙を持って道を走るだろうか。

「戦のやり方にも色々ある。わかりやすい例としては、商人の縄張り争いだ」

ミューリのお転婆を楽しそうに眺めていたエーブは、椅子の背もたれに背中を預けながら、言った。

「対立する商会がふたつあって、片方が片方の縄張りである分野、たとえば、生の葡萄輸入業に進出したいと考えているとしよう」

面白そうな話だと思ったのだろう。ミューリが居住まいを正してエーブを見た。

「ふたつの商会は仲が悪い。これから葡萄を輸入したいと思っている商会が、輸入権のために金を積んでも、邪魔をされたり、まともに取り合ってもらえずその分野に参入できないとする。よくある話だ。組合ってのは特にこういう時のためにあるからな」

新規の参入者への妨害、という話はよく耳にする。

「この手の揉めごとでは、邪魔をしている商会に殴り込みっていうのも、そう珍しくない。力ずくで話をつける場合だ」

戦いの空気にミューリが目を輝かせていて、年頃の妹を持つ兄としては、ため息をつく。

「だが、それは失うものが大きい。街中での評判っていうものもある。ではどうするか？」

エーブはぱんと手を叩き、揉み手をした。

「息のかかった小さな商会にこう言うんだ。おい、お前のところでちょっと生の葡萄を勝手に輸入しろ、とね」

「ええっと……？」

輸入業の参入を断られたから、別の商会を使って密輸入をする。

安易な解決策であるし、小さな商会にやらせるのなら、大した儲けにもならなそうに思える。

「なにか問題が起きるだけ、というような気がするのですが」

「まさにそれが目的なんだよ」

エーブは言って、にやりと笑う。

「小さな商会が葡萄を輸入していたら、即刻見つかって吊るし上げられる。するとそこに、件の商会が出てきてこう言うんだ。なにか揉めごとですか？　なるほど、うちと懇意の商会がそんなことを。これは申し訳ない、では今後似たような問題が起きないように、輸入について話し合いでもしませんか……ってな。それでようやく、他の商会は交渉のテーブルに引きずり出

された と気がつく。仮にそういう定番の手段だとわかっていても、では小さな商会の密輸入をどうするのかって話になる」

ミューリが尻尾を出していればぶんぶん振っていそうな話だが、小さな商会が騎士団、対立する大きな商会が王国と教会、ということだろう。

「騎士団は、揉めごとを起こすために寄こされた？」

「王国はこの間のラウズボーンの騒ぎで、守勢に回っただろう」

王宮の事情もこの商人には筒抜けらしい。耳の早いエーブにため息をついて、答える。

「はい。そのために時間をもらって、少し出かけていました」

「下草に火はすでについていて、燃えているのは教会側の陣営だ。世間の風当たりが強く、内部からも改革の声が出ている教会側としては、時間が経てば経つほど足元が崩れていく。ラウズボーンの騒ぎをきっかけに戦になってくれていたほうが、いっそ楽だったろう。だからここで待ちを選んだ王は、なかなかに賢い。いや、焦って徴税人討伐の軍勢を向けたのが老齢の王だから、賢いのは次期王のほうかもしれないが」

エーブはそんなことを言って体を起こすと、テーブルの上に行儀悪く身を乗り出して、ミューリの抱えていた葡萄の房にわずかに残った一粒をつまんで口に放り込む。

さしものミューリも文句を言えずおとなしかったが、こちらになにか言いたげな目を向けてくる。自分にどうしろというのだろうか。

「世間の目もあり、なにか大きな理由がない限り、教会の側から戦を仕掛けることは難しい。かといってこのままでは状況が悪化する一方だから、王国を再び戦いの場に引っ張り出さなければならない。そこで自軍を見回して、都合の良いのを見つけることとなった」

「それが、騎士団……」

「そうだ。ちょうど異教徒との戦も終わり、活躍の出番もなさそうだしな。最後の使い道としては悪くない。ウィンフィール出身の騎士たちなら、故郷の王国に戻る大義名分がある。そこで、ちょっと故郷に戻って火種を作ってこい、というわけだ」

口の中が苦くなるのは、理屈としては理解できても、心情的に理解したくなかったから。

エーブはテーブルの向かい側で、涼しい顔をしていた。

「教皇が後ろで糸を引いてるなら、まずこの流れだと思う。お前がそんな顔をするってことは、王国の少なくない連中もまた同じ顔をして、騎士団のために譲歩するだろう」

ローズの話がなければ、まさかそんなこと、と思ったかもしれない。

だが、救援の手紙を持たされたローズは、あんな軽装でまだ冬の名残を感じさせる悪路に放り出されていた。きっと王国のあちこちの街道で、似たような見習いが泥まみれになって目的地を目指していたはず。

「ハイランド様も、同意見ですか？」

「あいつは根が善良だから、はっきり悪意に満ちた計画は考えずとも、半ば強引に教皇から命令されてやって来た、程度には考えるだろう。だから私をここの留守番に据えたんだろう」

「それは……？」

わからず聞くと、ミューリが言った。

「そこの商人さんは悪い商人さん。元々は王様の敵を支援してる人でしょ？」

あっと息を呑む。そうだ、エーブは王位を狙い、内乱も辞さないと目されている王位継承権第二位のクリーベント王子を支援していた。

とすると、またこの混乱に乗じてクリーベント王子となにか企まないために、監視下に置いておくつもりなのかと思ったが、それにしては自身の屋敷に呼びつけるなど、少し大袈裟すぎる気がした。これでは言い訳の余地なく監視ということになるし、エーブがおとなしく従うのもよくわからない。

考えられるのは、従っておいたほうが良さそうだ、とエーブが判断するくらい、ハイランドから大きな疑いを持たれている、ということ。

王。第二王子。聖クルザ騎士団。

三つ頭の中で並べてみて、気がついた。

「敵の敵は、味方？」

「王様の敵同士が手を組んじゃうと大変だから、いかにも仲介しそうな人を見張らないとね」

聖クルザ騎士団がラウズボーンにやって来た理由としても、可能性の候補に挙がる。

「ひどい濡れ衣だが、王族から本気で疑われてるようだから、従っておくしかない」

「私も怪しいなと思ってるけど」

葡萄の最後の一粒を頬張りながらミューリが言う。

エーブは嫌そうな顔をして、大きなため息をついた。

「前の騒ぎでは、あれだけ手をかけた計画を全部お前らにひっくり返されたんだ。次になにか企む時には、お前たちを最初から誘うよ」

しゃくっと皮の弾ける音がする。

「というわけで、葡萄のお代わりはどうだい、お嬢さん？」

こういうのも根回しというのか、エーブのいかにも悪そうな笑みに、ミューリは大喜びで返事をしたのだった。

ウィンフィール王国が維持していた聖クルザ騎士団員は、正式な騎士が三十名、見習いが十名、そのほかに彼らの身の回りの世話をする雑用係が二十名ほどだという。

たったそれだけ、という規模感に拍子抜けしていたら、騎士団のことを話してくれていたミューリに睨まれた。

「あのね、兄様、聖クルザ騎士団の騎士様は、爵位持ちの貴族様が開催した馬上槍試合で、少なくとも五回は優勝しないとなれないんだよ。それだけでもうすごい強いの。一騎当千なんだよ。つまり三十人だと、三千人の兵に匹敵するんだから！」

ハイランドの屋敷の部屋で熱弁するミューリに、一言挟む。

「一騎当千で三十人なら、三万人です」

「あ、あれ？」

指を折って数え直している様子に、ため息をつく。

するとミューリは狼の耳をぴんと立てて、急にこちらに向き直る。

「そんなことより！　騎士様たちを見に行こうよ！　ねえ、いいでしょ⁉」

今朝は起きてからずっとこれだった。

馬に乗っての強行軍で疲れたのか、目覚めこそ遅かったものの、突然毛布を跳ね飛ばして起き上がると、開口一番に騎士を見に行きたいと言い出したのだ。

「だめです」

「なんで！」

「なんでって」

聖典の俗語翻訳のため手にしていた羽ペンを置いて、何度も繰り返した説明をもう一度言った。

「私たちは聖クルザ騎士団からはもっとも恨まれていておかしくない立場です。ローズさんの呟きを忘れたわけではないでしょう？　今も外で密命を帯びた人が、私たちを見張っているかもしれません。騎士団の目的がわからない以上、慎重になるべきです」

ミューリは顔の形が変わるくらい頬を膨らませ、ついでに尻尾の毛も膨らませていた。

「誰もいないよ！　見張ってるのはエーブお姉さんの部下の人だけ！」

諦めの悪いミューリはエーブにも大丈夫かどうか聞きに行っていたが、賢いエーブはのらりくらりと返答をかわしていた。

「紋章の図柄でも決めていたらいいじゃないですか」

そう答えたら思いきりそっぽを向かれたので、やはり紋章の図柄はそっぽを向いた狼にすべきではと思った。

そんなことをして過ごしていたところ、大聖堂でハイランドの側についていた護衛が、手紙を持ってやって来た。

「昼の礼拝に？」

「はい。正確には昼の礼拝の最中に、薄明の枢機卿様にお越しいただけないかと」

自分の代わりにミューリが返事しようとしたのを手で止めて、尋ねる。

「ですが、私は騎士団からは恨まれる身の上では」

「ですから礼拝の最中なのです。騎士の面々は朝、昼、夜の礼拝は欠かしません。その間ならば、他の人員に気づかれず、内密に話ができると」

そういうことかと思うものの、なにか奇妙な気がした。
「話……というのは、ハイランド様とですよね？」
「いえ、ウィントシャー分隊長殿です」
ウィンフィール王国出身者をまとめるという人物だ。
「ハイランド様曰く、ウィントシャー様はあなた様の知恵をお借りしたがっていると」
異端者として難詰されるのでは、と思わなくもなかったが、ハイランドがそう言うのだから
なにか理由があるのだ。
同席していたエーブに視線を向けると、肩をすくめられた。
「なにを企んでいるにせよ、話をしてみたらどうだ。私からも護衛を出すし、こいつを連れて
いけばそうそう荒ごとにもなるまい」
エーブはミューリの頭をこんこんと小突く。
手紙を届けてきた護衛の者は、少女のいるところで高潔な騎士がことを荒立てるはずもない、
と受け止めたようだが、もちろん違う。ミューリなら三十名の騎士が束になってかかってきて
も勝てるかもしれない。
ただ、ハイランドからの手紙に視線を落とし、脳裏に浮かんだのはローズの姿。騎士団が教
皇に命令されてなにか企んでいるのなら、あれほど無様な救援を送るとは到底思えない。
だとすると彼らは真に助けを求めているのかもしれず、ならば手を取る義務が自分にはある

と思った。

「伺いましょう」

椅子から立ち上がり、そう答えたのだった。


手紙の中には、捕縛はしないと分隊長から誓約をもらっているとあったが、それでも変装しておくに越したことはなかろうと、商人風の格好に着替えてから屋敷を後にした。

エーブの手配する馬車に乗ればまたひどく目立つので、徒歩で向かった。

ミューリは憧れの騎士たちに会えるとあって、足と地面の間に隙間が空いていそうなほどふわふわとした足取りだった。

ラウズボーンの街は相変わらず賑やかで、あっちこっちで騎士道物語を歌ったり演じたりする者たちを見かけたし、露店で木剣を売り、騎士団の紋章を彫り込む職人の出店まであった。

大聖堂前の広場で目立ったのは、花売りの姿だ。エーブが言っていた、街の娘たちが騎士に花輪を送りたがるというのはたとえ話ではなく、本当のことだったらしい。

「あなたも一輪買いますか？」

試しに聞いてみたら、ミューリに睨まれた。

「兄様、私は本気で騎士団を尊敬しているんだよ」

ちゃらちゃらと花を送るような、市井の娘と一緒にするな、ということらしい。

難しい年頃の女の子なので、おとなしくうなずいておいた。

そうして露店の大騒ぎを抜け、大聖堂に向かえば、そこに待っていたのは輪をかけた大騒ぎだった。

「……どうやって中に入りましょうか」

礼拝には騎士たちも参加するとあって、街中の人々が押し寄せているらしい。行列が大聖堂の中までぎっしり続いていて、若い助司祭や見習い聖職者たちがあたふたと列整理をしていた。

「通用門がありますから、そちらに回りましょう」

ハイランドの遣わしてくれた護衛が、耳打ちしてくる。案内されて大聖堂の横手に回ると、覗き穴のついた鉄製の扉があった。

「ハイランド様のお客人です」

護衛が言うと、奥で鍵を開ける音がして、扉が開く。

「ここまで人の熱気が届いてるね」

通された出入り口から進むと、いったん階段を少し上り、身廊の周りに配置された回廊の中二階にあたる廊下に出た。廊下は身廊側にも壁があって、誰が歩いているか見えない仕組みになっている。おそらくは貴人なども利用する通路なのだろう。

等間隔に設けられた小さな格子窓から、礼拝の人々でごった返す身廊の様子を覗き見ることができた。

まさに人の海といった感じで、そのざわめきと熱気が、冬の間の冷気が残る石造りの廊下に手で触れられそうなほどに流れ込んでくる。

「あ、騎士様」

ミューリがそう言って、窓に顔を押しつけていた。

参列者の前方に、深紅の外套を身にまとった集団がいた。誰も彼も背が高く、肩幅が広く、がっしりとした体型で、周囲からは良くも悪くも浮いている。

その誰もが頭に花輪を載せたり、外套に花を縫いつけられたりしていた。

今は各々が、話しかけにくる子供たちの相手をして、忙しくも平和そうな光景だった。

「すごい人気ですよ」

先導してくれる若い助司祭がそう教えてくれた。

「王国の黄金羊騎士団も滅多に見ることはできませんが、それでも時折、操船の演習で船がラウズボーンに寄港したりします。もちろん大騒ぎになるわけですが、聖クルザ騎士団となると誰もが話にしか聞いたことのない存在ですからね」

騎士という存在の、いわば頂点に立つ存在。しかも王国を代表して海を渡り、日々鍛錬に励み、神に仕えている、ということになっている。

その裏側を垣間見た身としては、その華やかささえ、やや残酷に見えた。

「こちらです」

助司祭はこちらの胸中に気がついていたのかどうか、あくまで道案内に努め、自分たちを人目につかないようにして大聖堂の執務室に導いてくれた。

空から見下ろすと縦に長く作られた大聖堂は、正面入り口から半分くらいまでが、一般の人々が入れる身廊で、祭壇も大聖堂の中心部付近にある。それより奥になると聖職者が立ち働く場所であったり、大型の寄付をする貴族たち専用の礼拝堂や、貴賓のために用意された部屋などになる。

奥に向かうと、身廊がどれほど騒がしかろうとも急に静かになるので、不思議な感じはする。

その一室で護衛たちと待っていたら、扉の外から足音が聞こえ、ハイランドが現れた。

「せっかく羽を伸ばしに行ったというのに、呼び戻してすまなかったな」

「滅相もありません。それよりも、私の知恵を借りたいとか……本当なのでしょうか？」

敵として捕らえにきたのならわかるのだが。

そう思っていたら、ハイランドは言った。

「私もたばかられているかもしれないが、もしそうでなかった時、後悔すると思ったんだ」

そして、言った。

「ウィントシャー分隊長は、助けを求めている。部隊の存続のために」

自分も同じ気持ちだったので、良い人に仕えられたと改めて思ったのだった。

第四幕

大聖堂の鐘が鳴らされ、昼の礼拝が始まった。石壁に切られた窓から、昼の暖かな日差しと鐘の音が聞こえてくれば、それだけで一日を平和に過ごせるというものだろう。

そんな中、大聖堂の貴族用の礼拝堂に集まったのは十に満たない人々で、その中に一人、略式の甲冑を身にまとった老騎士がいた。

「お初にお目にかかる。聖クルザ騎士団ウィンフィール分隊を率いる、クロード・ウィントシャー分隊長だ」

「ハイランド様の召命に応じ、旅をしております、トート・コルと申します」

正式に扶持をもらっているわけではないので、仕えている、とは言わなかった。

それに自分が騎士団に敵視された時、ハイランドに累が及ぶのを少しでも避けたかった。

「噂には聞いていたがずいぶんお若いな」

柔和な笑みからは少なくとも敵意は感じられないが、と思っていたら、後ろのほうでもじもじしている気配を感じた。

「ウィントシャー殿、ちょっとよろしいか」

見かねたようにハイランドが言った。

「こちらはこのコル殿の妹君で、騎士が憧れだというのだ。これまでの旅では少なからぬ貢献をされた才女で、この場に同席させてもらった」

ミューリがハイランドを目を見開いて見つめ、それからウィントシャーを見た。

「ほほう、これはこれは光栄なこと」

そう言って、老騎士は大仰に深紅の外套を手で払い、片膝をついてミューリの手を取った。

「聖クルザ騎士団正騎士、クロード・ウィントシャーと申します」

「あっ……わっ……あっ」

顔を真っ赤にしたミューリが、今にも耳と尻尾を出してしまいそうな顔でこちらを見る。

「不肖の妹、ミューリと言います」

「ほほう。お名前もお美しい」

老騎士に微笑まれ、ミューリは呆けたように頷くばかりだ。

騎士に花輪を送るような真似はしないなどと言いながら、もしかしたら気後れしてできなかったのかもしれないなと思った。

「ありがとうございます。ウィントシャー殿」

ハイランドが言って、ウィントシャーはもう一度ミューリに微笑んでから立ち上がる。

ミューリは握られた右手を大事そうに胸のあたりに引き寄せて、宝物をどこかに隠すように、自分の後ろに身を寄せてきた。

「まず、私の求めに応じ集まっていただき、感謝する」

ウィントシャーが礼を言った。

「我々が良からぬ策を巡らせ、貴君らに危害を加えると疑う向きもあったはずだ」

実際にこの場には、ハイランドの護衛が都合三人、エーブがよこしてくれた護衛が二人いる。廊下の外でも、自分たちをブロンデル修道院に連れていってくれたあの護衛が、急襲を警戒して見張っている。

対するウィントシャーは、たった一人だ。

「正しい状況を述べれば、我が部下たちには諸君らを快く思わない者が少なくない。そのために、彼らと離れられる唯一の時間である、礼拝を使わせてもらった」

ローズの件でそれは理解している。

「私たちは教会を滅ぼそうとしているわけではありませんし、異端信仰を広めるつもりもありません。それだけはご理解いただければ」

いまさらだが、言わずにもおれない。

ウィントシャーは深くうなずいていた。

「教会と金の問題は、古くからある頭痛の種だ。異教徒を殲滅し、信仰の正しさを世に知らしめるためには、軍資金がいる。信仰と祈りだけではどうにもならない現実であり、我々はそのことをなんら恥じることはないが、その金によって飽食や色欲に溺れる聖職者が出ることに、言い訳の余地はない」

力強い話し方は、それだけで魔よけになりそうな迫力がある。

「王国の活動には一定の理解を示す」

儀礼的な挨拶かどうか。ハイランドはひとまず目礼をして、受け入れていた。

「しかしそうは思わない勢力もいる。王国を悪と見なし、異端信仰の牙城と見なす者たちだ。そして我らは王国の出身者であり、黄金の羊の紋章に見送られてクルザ島を目指した身でもある。それゆえに我らもまた、真の信仰を失ったはずだ、と見なされている」

その大きな潮流に手を貸した張本人が二人ここにいるが、ウィントシャーはそれには触れない。

「我々の信仰に揺るぎはない。神もそのことをご存じのはずである。しかし、祈りだけではどうにもならない現実というのは、ここにもある。我らはこのままでは部隊を維持できないのだ」

切実なウィントシャーの言葉だったが、ハイランドは苦しげに答える。

「寄付金再開は王へ打診しているところです。しかし……騎士団としてのあなたたちに寄付を続けるのは、非常に難しいことが予想される」

ウィントシャーは頷いた。

「王国の事情も理解する。もしも戦になれば、我らは前線に立つことになる。王国からの寄付で購入した武器と盾を持ち、王国の兵士と戦うことになるだろう。そこにはかつての友や、兄弟、あるいは父の姿さえあるだろう。仮に参戦を避けられたとしても……それはそれで我らにとても大きな決断がつきつけられる。我らの立場は曖昧なままだろう」

あくまで教皇の懐刀として王国と戦うのか、それとも王国民として、あるいは王国の寄付によって維持されている身として、主君には剣を向けないのか。

もちろん、神のお導きによってどちらにも与しない、という選択肢もあるかもしれないが、いずれにせよウィントシャーたちは辛い立場に残されることになる。

彼らは一体何者なのだ？ と、全方位から白眼視されるのだから。

「だとすると」

自分の発言に、全員の視線が集まった。

「私にできることとはなんでしょうか」

騎士団に足りないのは、端的に言えば金だ。

自分には最も縁遠い代物であり、それならばエーブが呼ばれるべきだったのではと思った。

「失敬。話が遠回りになった。騎士などをやっていると、どうも話が長くなる」

ウィントシャーはそう言って、咳払いをした。

「薄明の枢機卿殿。そなたには多大なる影響力がある。我々が存続できるよう、その影響力を借りられまいか」

「影響力を？ いえ、仮に私にいくばくかの影響力というものがあるとしても……その、言いにくいことですが、それは皆様の邪魔になるものでは……」

薄明の枢機卿という名前は、王国が教会に対抗するための、わかりやすい象徴として祭り上げられている。

それはつまり、聖クルザ騎士団に対しては敵でしかないということだ。

「通常ならば、そうかもしれない。しかし、今、我々はいわばあっちこっちの陣営から見放され、必要とされなくなっている」

その言い方に卑屈なところはなかったが、割り切った物言いに、むしろ聞いているほうが胸の痛みを感じてしまう。

ウィントシャーはそんなこちらを見て、優しげに微笑んだ。

「ではここで、その薄明の枢機卿殿が不意に我らを絶賛したらどうか。たとえばそう、敵ながら天晴、などと」

その見た目こそ、明るく語る、信仰心に満ちた清廉なる騎士。そのウィントシャーがなにを言いたいのかわかり始め、自分の心の一部がどんどん固くなっていく。

「教皇様はそなたたちの存在に手を焼いている。なぜなら教会側には、信仰に名高い誰それが現れた！　などという話がないからだ。そこにそなたが、対等な、ある種の好敵手として我々を認めるのだ。すると教皇様や枢機卿のお歴々は、なんと考えるか？」

固くなった心に無理やり空気を入れるように、息を吸う。

「……敵と、対等に渡り合える存在」

「いかにも。戦うことが神から与えられた使命である我らにとって、これ以上ない存在意義となろう」

　どちらの味方なのかわからず、どちらの陣営からも敵視されていた騎士たち。

　それが薄明の枢機卿に対抗する存在として、あるいは教会から離れようとしている民衆の心を繋ぎとめる存在として、利用価値が出てくる。その利用価値の分だけ、ウィントシャーたちは騎士として生きながらえることができる。

　ウィントシャーはそういうことを口にしているのだ。

　日々祈り、剣を振るい、訓練に明け暮れ、いざ戦の際には先陣を切って命を懸ける彼らが、いわば敵に褒められることでその存在を保とうとしている。敵と戦うのではなく、おもねることで。

　ウィントシャー自身、騎士の風上にも置けぬみっともないことを口にしている、という自覚はあるのだろう。それは張りついたような、明るすぎる笑顔を見ても明らかだ。

　しかし彼は部下たちを率い、部隊存続のために行動する義務がある。たとえ相手が何者かよくわからない若造であり、まさに自分たちを苦境に追いやっている者だとしても、躊躇わない。

　目的のためならば、いかなる屈辱にも耐えてみせようとする、老練な戦士。

　彼の前に膝をつきたくなるのを、どうにかこらえるほかなかった。

「もちろん、教皇様の剣として、そなたをこの場で叩き切る、という選択肢もあろう。だが、それは王国との戦を意味するし、この大聖堂にて聞き集めたそなたの評判から、正しいこととも思われない」

どこまでが世辞かわからないが、故国である王国と戦をしたくない、というのは本音だろう。

「仰りたいことは……理解したかと、思います。私に求められている、役割も」

ウィントシャーはうなずき、あくまで友好的に、言った。

「そなたからすれば、これはわざと敵を強くするような話を持ち掛けられていることになる。おかしな話だと思うだろう。しかし、理解して欲しい」

生まれてからずっと騎士だったような男が、こちらを見る。

「我ら聖クルザ騎士団ウィンフィール分隊。騎士団の叙事詩にある、いくつもの戦役の花形として登場してきた。その栄誉ある部隊の歴史を、どうかここで終わらせないで欲しい」

ウィントシャーがそう言うのと、大聖堂の大きな鐘が鳴り響くのはほぼ同時だった。

ウィントシャーは鐘に邪魔された自分の言葉をあえて言い直しはせず、鐘が鳴り続く中、じっとこちらのことを見つめていた。

今まさにその旅路を終えようかとしている者たち。

もう一度前に進むためなら、敵にさえすがりつく。

「返事を待っている」

その一言の後、ウィントシャーはハイランドに会合の礼を言い、足早に部屋を後にした。

礼拝が終わり、他の騎士たちが戻ってくる。屈辱的な申し出のことを気取られれば、彼らは剣を抜くかもしれない。

誰もが動けない中、ハイランドに視線を向ける。

心優しき王族は、しかし安易な笑みは見せず、こちらの肩に手を置いた。

「この計画は、王に上申すべきだと思っている」

意外な発言に顔を上げれば、ハイランドはこちらの肩から手を離し、壁に掲げられた教会の紋章を見る。

「聖クルザ騎士団の騎士たちは、今や風前の灯火となり、自信を失いかけている。彼らに、再び希望を取り戻させるため、ウィントシャーは王国にやって来た。ここならば、彼らを祝福してくれる人々がいるからだ」

エーブも同様の見解だった。

しかし、ハイランドは決して、エーブが言うような素直なだけの人物ではなかった。

ハイランドはまた別の側面から、騎士を巡る現実を見つめていたのだ。

「だがこれはある意味、彼らの示威行為だと言える。我らには民衆からこれほどの人気があると、見せつけているのだ」

いったい誰に、と問うまでもない。

王だ。

「騎士団の分隊が解散となれば、その報は王国中に隈なく広がり、大きな反響をもたらすだろう。王たちの判断に疑問の目を向ける者も多く出るはずだ。ただ、本当に厄介なのは、そういう一時的な影響ではない」

ハイランドの目は、もっと大きなものを見つめていた。

「たとえば、この先大規模な異端騒動や、異教徒との戦がないとも限らない。その時に分隊がなければ、王国だけが聖クルザ騎士団の騎士たちを派遣できず、信仰の戦いにおいて置いてきぼりになる。世界の歴史から名が消えるわけだ。今この分岐点は、王家の未来を左右しかねないのだ」

教会と争っても、教会そのものを王国から排除はできないように、完全に手を切ることはできないし、それが正しいとは思えない。

異教徒との戦が再び燃え上がった時、未来の王がこう言われるところを想像すればいい。

お前たちはあの時、騎士団を解散させた不信心者ではないか、と。

「そもそも騎士団への寄付の停止も、大貴族たちに教会との戦いの覚悟を示すため、争いの初期に実施したものだ。王の本音では、そう長く続けるつもりはなかったのではないかと思う。もちろん……この争い自体も」

王国と教会が睨み合いになり、三年が経過した。

初期には、すぐに手打ちになるような構想があったのかもしれない。

「聖クルザ騎士団内にウィンフィール王国の影響力を残すためなら、王はこの案を間違いなく採用するはずだ。問題は……」

　と、こちらを見た。

「君に嘘をつかせることになってしまうことだろう」

「それは──」

　言いかけたが、言葉は続かなかった。嘘とは言わないまでも、欺瞞の匂いを払いきれないのは事実なのだから。

　ただ、自分がウィントシャーの案を受け入れれば、騎士団は民衆の人気を追い風に、目論見通り教皇にとって存在価値を持ちうるかもしれない。

　それに、この案で本当に嘘をつくのは自分ではない。

　ほかならぬ、ウィントシャーだ。

「ひとつ、ハイランド様のご意見を伺いたいことが」

「なんだろうか」

　ハイランドは王族で、自分とは天と地ほどの身分差がある。

　行けと言われたら行くしかないし、山を動かせと言われたら試みるしかない。

　けれどハイランドは同じ目線で語ってくれる。

　そのハイランドに、尋ねた。

「ウィントシャー様は、この計画がうまくいった後も、騎士を続けるでしょうか」

そんな気がまるでしなかった。

ハイランドは唇を引き結ぶ。

それが答えなのだろう。

石壁に切られた窓から、再び大聖堂の鐘の音が聞こえる。

誰かを犠牲にして全体を前に進ませる。

戦士としてはそれが正しいのだとしても、自分には確信を持つことができない。

「少しお時間をください」

ハイランドは無言のまま、うなずいたのだった。


ウィントシャーは騎士としてあり得ないような申し出をしてでも、部隊を救おうとしている。

もしその案が進んだ場合、多くの騎士は違和感を抱いたままながら、上意下達の組織ゆえにウィントシャーが決断したことに粛々と従うだろう。しかもそれで部隊が救われるのだから、大半の者たちは疑問を飲み込むのではないか。

けれどそこに欺瞞を感じないわけがないし、きっと真実は噂という形で漏れ伝わる。あまりにも不自然なのは少し冷静に考えればわかるからだ。

それでも、大多数の民衆は細かいことなど気にしないし、この案は王国にも、教皇にも利益があるのが肝だった。どちらにも利益があるのなら、おそらくうまくいってしまう。

そう考えた時、部隊の中に生じた歪みをどうするか、簡単に想像がつく。

あの老騎士が、たった一人で、すべてを引き受けるのだろう。

「助けてあげられない？」

大聖堂からの帰り道、とぼとぼと歩くミューリが言った。

ウィントシャーから淑女のもてなしを受け、顔を真っ赤にしていたミューリ。

憧れの騎士を目の当たりにし、同時にその現実を見た。信仰を胸に剣を振るう高潔の騎士たちは、その実、世の生々しい事情に振り回され、それに必死で食いつこうとする存在でしかなかった。

あの光り輝くような立ち居振る舞いはすべて張りぼてであり、世の冷たい雨の前にしおれてしまう紙の甲冑だったのだから。

「助けるというのは、どちらをですか？」

ウィントシャーをか、それとも、部隊をだろうか。

こちらの手を握っているミューリの手に、力がこもる。

「両方」

子供にだけ許される、わがままな希望。

けれど、本当は誰もが望む結果だろう。

できない理由を積み上げるのは簡単だし、今はまだ切羽詰まった状況にもない。

ハスキンズは、大股に進め、と言ってくれた。足元は側にいる者が見てくれるから。

「できる限り考えてみましょう」

もっと後ろ向きの答えを予想していたのかもしれない。

ミューリは顔を上げ、少し驚いたように目をぱちくりとさせていた。

「あの人たちはなにひとつ悪いことをしていません。ならば神は必ず道を用意されているはずです」

なにより、このままウィントシャーがすべての責めを受ける形で、欺瞞のままに騎士団の存続を続けることが正義だとは到底思われない。

ミューリとの紋章の話でも言われたこと。

それが人々にとって大事なものであるのなら、嘘や欺瞞を入れてはならない。

自らがなんであるか、そのことを示すものならば、なおのこと。

聖クルザ騎士団という名前は、ローズやウィントシャーなど、彼らの人生を形作るものだ。

「騎士の皆さんを助けましょう」

ミューリは目を輝かせ、大きく返事をしたのだった。

騎士たちに足りていないのは、存在意義もそうだが、端的に金だろう。このラウズボーンにやって来たのも、大聖堂が門戸を開き、当面の衣食住も含めて自分たちを受け入れてくれるから、という算段があったからのはず。

当面の活動費用を確保できたのなら、自分の影響力を借りるような案以外にも、部隊を救う道が見つけられるかもしれない。

ならば真っ先に相談すべき人物がいる。

「あいつらに恩を売っても、旨味がないんだよ」

ハイランドの屋敷で留守番をしているエーブは、自分の仕事をしながらにべもなく答えた。

どうやらブロンデル修道院の羊毛買いつけを、イレニアに提案する手紙を書いているようだ。

なぜこんなに質の良い羊毛を今まで買いに行かなかったんだ、と詰問するような文章がちらりと見えた。イレニアはハスキンズと仲が悪いので、そこの羊毛を買いつけていなかったのだろうことを思うと、やや悪いことをしたような気になってくる。

「お前たちが行ってきたブロンデル修道院も、以前に苦境に陥ったことがあるだろう？　その時は商人たちが善人面して、援助のふりをして資産を買い取りに行っていたはずだ」

「はい」

「それは奴らに売るべき資産があったり、握っている権力に旨味があるからだ。しかし騎士連中にはそれがない。あいつらには道具としての利用価値しかないんだ」

天秤に心臓を載せ、その重さを金貨で測る冷血の商人の言葉には、寸毫の慈悲もない。

「篤志家を募れば、寄付は集まるだろう。金満の商人連中は信仰ってやつも金で買えると思ってるからな。だが、その場合はお前が手を貸すのと変わらない問題が出てくる」

「口実をどうするか、ですか」

「口実もそうだが、連中は単に生きていくための金が欲しいのかというと、それもまた違うだろう?」

貧窮とは、信仰がないことを言う、とローズは言った。

王国は面倒を見てくれない、教皇からは信用されていない。そのために部隊を維持できないから金を出してくれ、と遊説して回る。資金は集まり、それでパンを買い、剣を磨く。

だが、それで一体どうなるのだろうか。

「あいつらは道具だと言っただろう。必要とされていない道具だから問題なんだよ。その点で、ウィントシャーは優秀だ。自分たちが何者であるかについて、一切の希望を抱いていない。自分たちの、道具としての価値を高めることのみに心を砕いている。お前に助けを求める姿勢は、美しいくらいだ」

エーブの冷たい物言いにミューリは嚙みつかんばかりの目を向けていたが、エーブを責めたところで状況はなにも変わらない。

「しかし、ウィントシャーの言うことが本当だとすると、だ」

手紙を書き終え、インクを乾かすための砂を振りまくと、エーブは次の紙を傘持ちの娘から受け取っている。

「手綱の握られていない猟犬がうろうろしてるってことになる。そっちのほうが問題だな」

エーブは教皇が謀を巡らせ、ウィントシャーたちを利用している事態を想定していた。

それはそれで面倒ごとが予想されるが、そうでない場合もまた、問題なのだ。

「クリーベント王子の件ですか」

「私をここに置いたハイランドもなかなか目端が利く。道具を売り買いするのは商人の本能だ」

「やめてくださいよ」

わざとらしい物言いだが、釘をさすとエーブはさらにわざとらしい笑顔を見せる。

「犬ってのはな、主人がいたほうがいいんだよ」

「え？」

「今はまだ連中は、街の人間にちやほやされてそれで頭がいっぱいになっている。冷え固まっていた胸中に、称賛という熱い葡萄酒を注がれている。だが、そんな高揚感は永遠に続きやしない。ご馳走攻めで楽しいのは最初の数日だけだ。必ず飽きがきて、心が醒める。その時、現実に改めて気がつくんだ。今まで仕えてきた主人からは見放され、もはや剣を振るう理由がどこにもないことにな。虚しさってやつを侮るなよ。底も見えない深さを持つ穴だぞ」

羽ペンの先が、自分を指してから、ミューリに向けられる。

「たとえばお前が馬車にはねられてぽっくり死んだとしたら、この狼はどうなるかな？」

ぎょっとしてミューリを見る。

どうするかと問われ思い出したのは、雪が吹きすさぶ夜の氷海に投げ出された時の記憶だ。

ミューリはあの死の海に、躊躇いもなく飛び込んで自分のことを追いかけてきた。

「生きる理由がないことに気がついた騎士たちが、一体なにをしでかすか。そんなこと、想像もしたくないね。無用な混乱は商いの邪魔だ」

自暴自棄になった騎士たちは、一騎当千と謳われた豪勇揃い。

しかも民衆の人気が高いとくれば、兵糧を提供する者たちも出るだろう。

悲劇譚で語られる、反乱軍の出来上がり、というわけだ。

「だから私はいっそ、第二王子の奴に計画的に売り渡したらどうだと思うがね」

そんなこと許容できるはずもない、と言いかけたところ、ミューリが口を挟んだ。

「その話、私は少し疑ってるんだけど」

ミューリの言葉に、エーブは先を促すように顎を上げた。

「その二番目の王子様は、いわば王家の裏切り者でしょ？」

「まあ、王位簒奪を狙うという意味ではそうだ」

「高潔な騎士様が、すんなり味方をするかな。主君殺しは大罪だよ。そういうお話で正義が語られるのは、王様が暴虐の限りを尽くしている時だけだもの」

ミューリの知識は戦叙事詩ばかりだが、そこには真実もまた多い。

「良い着眼点だ。葡萄をやろう」

傘持ちの娘に、砂漠の言葉でエーブは指示を出す。娘はうなずき、ミューリに向かって微笑んで、部屋から出ていった。

「自然にはくっつくまい。だから、説得は必要になる」

「くっつく可能性があるってこと？」

「鍵と錠前を箱に入れて、ガチャガチャ振っている間に錠前が開くとは思えないが、向きを揃えてやればその限りにない」

傘持ちの娘が、緑色の葡萄を器に山盛りにして持ってくる。

エーブはそれを手に取り、こう言った。

「私は次の陰謀にお前らを誘うと言った。どうする？」

葡萄をもらえると思い、伸ばされていたミューリの手が止まる。

エーブは、どこまでも商人だ。

「ミューリ」

その名を呼ぶと、ミューリは狼の耳と尻尾をわざとらしく出して、ばたばたと神経質そうに振る。そして、ぐいと手を伸ばし、葡萄の房から摑めるだけ粒をもぎ取った。

「とりあえず、ここまで話を聞いた分だけもらっておく」

尖った犬歯を見せつけるかのように、大口を開けて葡萄を噛み潰す。

「うちで働いてもらいたいくらいだ」

エーブは楽しげに笑っていた。

「お前らの賛同が得られなければ、私から動くのはやめておこう。またひっくり返されたら面倒だからな」

エーブは暗がりでの戦いを得意とする。ハイランドに見つかり、明かりの下に置かれている以上、へたに動くのは損だと考えているのかもしれない。

「とはいえ、採れる選択肢などそうそうないと思うがね」

人の命よりも重い金貨を日々取り扱う商人は、そう言って羽ペンを振る。

仕事の邪魔、ということだろう。

ミューリは最後にもう一度葡萄を房からもぎ取り、部屋を後にしたのだった。

自分たちの部屋に戻り、ミューリはベッドでうつぶせになって紋章の図柄を描き、自分は机に座って木窓の外を見るともなしに見つめていた。

ブロンデル修道院に行っている間、食堂で預かってもらっていた子犬は久しぶりにミューリと出会えて大喜びだったが、当のミューリはすげない対応だ。

紋章の図柄も、気のないふにゃふにゃしたものになっている。

「エーブさんは、なにかを知っているってことですよね」

鍵と錠前の喩え。

かちりと嵌まる理屈を、エーブは知っている。

「正義の騎士は悪と手なんか組まないよ」

ミューリを見やれば、蠟をひいた木の板には、不格好な騎士の絵が描かれている。

「説得が必要になる、とは言ってました」

ミューリは嫌そうに鼻を鳴らし、銀色の尻尾にじゃれる子犬をかかとでつついていた。

「ですが、騎士の皆さんがこの賞賛に空しさを感じてからのことなど、よく思いつくものだと感心します」

それが一手先を読む、ということなのだろうが、なによりエーブに思うことは、その冷たいものの見方だ。塵は塵に、灰は灰に、という言葉があれほど似合う人物もいない。

「兄様は」

と、ミューリが言った。うつぶせのまま、木のペンを置いて、胸の下に挟んでいる枕を両手でぎゅうっと抱きしめながら。

「悪い王子と手を組んでも、騎士の人たちは幸せだと思う？」

即答は憚られるが、賢しらな回答もまた、ミューリを失望させるだろう。

「どれだけ大義を信じられるかにかかっているかと思います」

騎士団は道具なのだ、とエーブは言った。

「教皇様が裏で手を引いていて、第二王子を含めて薄暗い密室で手を組む。そんな様子だとしたら、ウィントシャー様はむしろ気が楽だったかもしれませんし、ある意味、戦士としての本望かもしれません」

教会に仇なす王国への攻撃のため、清濁併せ呑む。それくらいの言い訳ができたはず。なんにせよ彼らは戦士なのだ。主君が命じれば、泥の中でも喜んで這い回るだろう。

しかし教皇の後ろ盾はなく、自分たちの存続のためだけに第二王子と手を組むとすれば、大きく意味合いが変わってくる。

まったく同じことをしていても、含まれる毒の性質が変わり、行為者を苦しめる。

名と実。

そのどちらが伴わなくても、人は苦しみを抱く。

「するとエーブさんは、大義を用意できると思っている、ということになります」

「想像できない。だって、王様の悪さがわからないもの」

ふてくされたように言うミューリの言葉は正しい。

王はもちろん完璧ではなかろうが、断頭台に吊るせ、と人々が怒りに駆られるような失政はしていない。教会との戦いにも、理不尽な税の撤廃という目的があり、人々から一定の支持を得ている。そのことだけで騎士たちが義憤に駆られ、正義を信じて第二王子の味方につく光景というのは、全く想像ができない。

椅子の上でため息をついたが、ふと、気がついたことがある。

「だとすると、第二王子の側に立つ人たちは、なにを信じているのでしょうか」

「んえ？」

うつぶせからあおむけになり、飽きずにじゃれついてくる子犬を両手で摑んで掲げていたミューリは、こちらを見た。

「それは、あの悪い狐さんと一緒じゃないの」

「王位奪取が成功した時の、莫大な見返り？」

エーブは特権やらの商業的なことを見返りに、第二王子を支援しているはず。

「あとは単純に、王様のことが嫌いな貴族さんたちが味方してるとか」

「ならばこの機に手を貸す……ということですか」

なにか安直な気がする。第二王子でさえ、いつ反乱の廉で処刑されるかわからないという危ない橋を渡っているが、貴族となるとより危険度は増すのではないか。今はまだ王位簒奪の話は噂の域を出ず、明らかに狙っていると思われるが明確な証拠はない……という程度にしても。

なお納得いかないでいると、ミューリもまた少し考えるように視線を巡らせていた。

子犬が胸の上に下ろされ、ミューリの顎を舐めている。

「……あの計算高い狐さんが側にいるってことは、勝ち目があるかもってことだよね」

鼻先をミューリの口に突っ込もうとしたところで、子犬は首根っこを掴まれていた。

「勝ち目なんてあるの？」

ミューリは根本的な疑問を口にして、すぐに自分で答える。

「あるってことなんだよね、きっと。だから騎士さんを足したら、もっと勝ち目が出るってことになる」

体を起こしたミューリの上から、子犬が転げ落ちる。

「ねえ、兄様」

遊んでもらっていると勘違いした子犬は、ミューリの手首に尻尾を振って噛みついていた。

子犬の首を摑んで顔の高さまで引き上げて、ううーっと唸って見せたミューリは、言った。

「汝の敵を知れ、さすれば百戦危うからずってやつかも。神様も言ってたでしょ」

「……絶対にそんな物騒なことは言っていないと思いますが」

一理ある。

「というより、私たちがこうするだろうって、あの狐さんに追い立てられてるような気もして癪なんだけど」

子犬はベッドに下ろされ、相変わらず尻尾を振りながらミューリの側に腹ばいになる。

「後ろはあなたが見てくれますか？」

これがエーブの計略の一部、というのはいかにもあり得る話で、だとすれば周囲の警戒を怠ってはならない。

その声掛けに、ミューリはにんまりと笑って胡坐をかく。

「野良犬の尻尾も踏まないか見てあげる」

ミューリの言い方に苦笑いしながらも、ならば一歩前に進んでみようと思う。

椅子から立ち上がれば、ミューリもまた立ち上がったのだった。


外に出てきます、と伝えた時のエーブは、意を得たりと思っていたかどうか定かではないが、行き先を聞くこともなかった。

「尾行されてもわかると思うけどね」

ミューリは森の狩りでは達人並みの腕前を持つ。警戒した鹿が後ろを気にしてる間に、回り込んでその鼻先を突っつくことだってやりかねない。

それだけでも心強いが、ミューリには狼の血を引いているという圧倒的な強みがある。

「街中の野良犬が私たちの味方だよ」

街をうろつく動物を味方につけるのは、人ならざる者の常套手段、とミューリは羊のイレニアから学んでいた。あのエーブも野良犬までは買収できないだろうから、分はこちらにある。

「今のところはどうですか？」

「いないかな。ばれるってわかってるか、行く先なんてわかってるか」

両方だろう。

自分とミューリが向かったのは、ラウズボーンの複雑な路地の先にある、静かな住宅密集地の古ぼけた建物だった。

「にーわーとーりー」

ミューリが言うと、屋根の上に止まっていた鳥が甲高く鳴いて、屋根との隙間から中に入っていく。ミューリの頭を小突いていたら、扉の覗き窓が不機嫌そうに開かれた。

「餌が欲しければ市場に行け、犬っころ」

「いーっ」

二人は逆に仲が良いのでは、と思わせるやりとりの後、覗き窓が閉じられると鍵が外され、扉が開いた。

「良い話か、悪い話か」

「それを確かめたく」

シャロンは鼻を鳴らし、入れと顎をしゃくったのだった。

シャロンとクラークが維持する孤児院は、牛の乳をこぼした後のような、独特の子供の匂いで満ちている。とはいえがらんとしているのは、クラークと共に子供たちが働きに出ているからのようだ。

「この時期は羊毛が次から次に街に送られてくる。どこの商会も糸紡ぎやらの人手を欲しがっていて、子供らには稼ぎ時だ」

働かざる者食うべからず。寄付の潤沢な場所ではない。

「それで？　聖クルザ騎士団がらみの話か」

「根本的にはそうなのですが」

その切り出しに、シャロンは眉根に皺を寄せた。

「第二王子のことをお聞きしたく」

なぜそんな話を、と不思議がるシャロンに、エーブのことや、大聖堂でウィントシャーから持ち掛けられた話のことを伝えた。

「シャロンさんが徴税人組合を率いていた時、根拠にしていた徴税権は、第二王子が発行したものですよね？」

「そうだが……面識があるわけではないぞ」

「そうなの？」

子供が作ったらしい不格好な羊毛の人形を指でつついていたミューリが、そう言った。

「どうして私が会えるんだ。お前が金髪と呼んでるあれも、本来ならそう簡単に会える人物じゃない」

「そうなんだ。私のおうち、いろんな偉い人が湯に浸かりにくる湯屋だから」

つんと澄まし顔で言うミューリに、シャロンは胡乱な目を向けていた。

「なにか噂のようなものでも構わないのですが」

シャロンに一撃食らわせてやった、と得意げなミューリの首根っこを掴んでから尋ねた。

「人となりとか」

「人となり……噂程度になる」

「私たちはそれも知りません。ですから、あのエーブさんが聖クルザ騎士団は第二王子と手を組むかもしれない、と言っていることに、困惑しているのです」

シャロンは嫌そうに目を細めてから、遠くの獲物を見定めるように視線を遠くした。

「騎士団の連中は、教皇に命ぜられてここに来たのか？」

ふたつが手を組むとなると、すぐに思いつくのはその可能性らしい。

「昼の礼拝中にお会いしてきた際の印象では、教皇様は良くも悪くも関係なさそうでした」

見捨てられている、とは表現しなかったが、シャロンには伝わったらしい。

「すると、聖クルザ騎士団が、自発的に第二王子と手を組む、というのか」

怪訝そうだった。

「騎士たちからしたら、第二王子など主従の理を踏みにじる反逆者だろう。手を組むとは思えない」

「やはりそう考えますか」

シャロンは肩をすくめていた。

「それで第二王子のことを調べようと思ったわけか。どこで繋がりうるのか」

「で、鶏はなんにも知らないの？」

がっかりしたようなミューリの物言いに、シャロンが舌打ちのような口の形を見せる。

しかし結局はため息と共に、相手をするのもばかばかしいとばかりに肩をすくめていた。

「噂や逸話ならば、そこらの子供でも知っている。有名だからな。私もその噂の印象から、騎士団が組みたがる相手だとは考えない」

「その話でも構いません」

胸の前で腕を組んだシャロンは、面倒くさそうに言った。

「つとに有名なのは、放蕩だ」

ハイランドからわずかに聞いた話では、山師に近く、信仰など持たない信用のならない人物像だった。

「取り巻きの貴族の子弟との乱痴気騒ぎは事実だ。私も徴税人の仲間を集める際、あちこち回っている最中に目にしたことがある。パンで作った大きな船を料理人に担がせ、街を練り歩きながら酒をがぶ飲みしていた。酒の海の大航海だのなんだの騒いでいたな」

まったく意味が分からないが、とんでもないことをしている、というのはなんとなくわかる。

お祭り騒ぎが好きなミューリは隣で目を輝かせていた。

「とはいえよくある放蕩貴族のように、人々を虐げ、彼らから疎まれ、恨まれているかというとそうでもない」

「そう、なのですか？」

ろくに働かず乱痴気騒ぎ、というだけで反感を買いそうなものだ。

「その騒ぎ方がうまいとでもいうのか……私が見た時も、結局はパンの船ごと救貧院に乗り込んで、もはや世になんの楽しみもないと諦めていたような連中と、肩を組んでの大騒ぎだ。そういう奴だと言えば、なんとなくわかるか？」

品行方正とは到底言えないが、根は悪くない豪放な人物、ということだろうか。

「教会をからかうのも好きで、夜中のうちに石の竈で教会をぐるりと囲み、朝から羊の丸焼きで煙攻め、などという話を聞いたことがある。いかにもやりそうな話だ」

ミューリは耳と尻尾を出して楽しそうに話を聞き、それを見るとシャロンもまた悪い気分ではなさそうだ。

「その羊の丸焼きの話も、教会が貧者への施しを渋った、という話があったうえでのことだと記憶している。大体の話で、王子はいつも誰かの味方なんだ」

「では、羊は街の人々と共に……ということですか」

「話の落ちはそうだな。それゆえ、第二王子の放蕩が許されているのは、王族だからではない。人々が味方をするからだ。その羊の丸焼きの後、反省したと言って教会に羊の腸詰を送った話も聞いたことがある」

その時点でどうかと思うが、シャロンは楽しげに言葉を続けた。

「腸に詰めたのはどうしようもないくず肉で、ついでに石鹸が混ぜてあった。肉食をやめられず、腹黒いお前らにはそれがお似合いだってな。貪欲な司教は文字どおり泡を吹いたというのが、定番の語り草だ。教会の傲慢さを知っていれば、胸のすく話だろう」

ミューリは腹を抱えて笑っていた。

しかし、第二王子の人物像はなんとなく見えてくる。

権威などものともしない、そもそも反逆精神に満ち満ちた異端児なのだ。

「では、第二王子の味方についている人々は、そういう人柄にひかれて？」

澄まし顔の権力者たちをこき下ろす話は、民衆に常に人気がある。

ある種の喜劇の英雄として活躍する第二王子の勢いに乗って、王位への挑戦を支援する。

そう思ったのだが、たちまちひどい違和感に襲われた。

そんな軽い動機で、王位簒奪のような血生臭い話に手を貸すだろうか。

失敗すれば待っているのは断頭台なのだ。悪ふざけの相手としては、少し荷が勝ちすぎる。

「王位簒奪を狙っている、という話がまことしやかに語られている理由は、連中が騒ぐ原因にあるのであって、連中が大騒ぎを起こしている結果ではない」

「……え？」

権威をものともしない第二王子だから、最大の権威たる王にも挑戦する。

理屈としてはそうなりそうなのに、確かにそこには違和感がある。

そんな簡単に反逆を計画するだろうか、というのがひとつ。

もうひとつは、ミューリが屋敷で語った言葉にあった。

そこには正義がないのだ。

「クリーベント王子に付き従っているのは、多くが弱小貴族、それから行き場のない貴族の子弟なんだよ」

シャロンはそう言って、子供たちの作った不格好な人形を手に取った。

それを作った子供たちのことを思い出すのか、滅多に見せないような優しげな笑みを見せた。

「貴族の長子制度は知ってるだろう？　家督を継げない次男以降は、よほど大きいか慈悲深い家でもなければ、はした金と共に家を追い出される。中には商才があったり、学問を修め役人になる者もいるが、大半は行く当てもないその日暮らし。弱小貴族も似たようなもので、貴族など名ばかりでより強い者たちに踏みつけられる毎日だ。クリーベント王子は、そういう不満分子の長と言える。偉そうにふんぞり返る連中を挫いてやる、という憂さ晴らしの王なんだよ。なにせ本人が、長兄である次期王の予備扱いだからな。一時は体のいい厄介払いとして、騎士になるなんて、話、も……」

シャロンはそこまで言って、続きの言葉が口の中で消えてしまう。

自分とミューリもまた、そんなシャロンを目を見開いて見つめていた。

「騎士も、同じですよね」

その一言に、半開きだったシャロンの口が閉じられる。

「騎士になる人たちも、実家にいられず、剣に生きる道を見出していた」

「これが、ふたつを繋げる点だと言うのか？」

かたや権威をものともせず、容赦なくこき下ろす放蕩王子。

かたや信仰に生き、正義をその甲冑に秘める高潔な騎士。

正反対の彼らだが、全く同じ事情を抱え、単に向かった先が違っただけなのだとしたら。

「確かに、王や次期王の長兄が第二王子の放蕩に強く出られない理由のひとつとして、罪悪感があるからだというのも聞いたことがある」

シャロンは短く言った。

「巣から体の小さい雛を突き落とす鳥のように、彼らは弟たちを家から追い出すことで家督を守る。せめて強く生きてくれ、などと願うのは強者の身勝手な贖罪だが……よくある話だ」

シャロンに付き従った徴税人たちも、聖職者の私生児として捨てられた身分だった。

騎士たちは家を継げずに外に出され、ようやく騎士となって手に入れた居場所を、今また失おうとしている。そこに第二王子が声をかける。

俺たちを除け者にしてうまい目を見ている連中に、一泡吹かせてやらないか。

「第二王子と手を組んだとなると、王に対抗する勢力ということになる」

シャロンの呟きに、暗い黙考から引き戻される。

「教皇から見ると、騎士たちが王に対抗する貴重な戦力を捕まえてきたことになる。王国出身の騎士たちに対する見方を変える可能性は、十分にあるな」

エーブは、騎士たちは道具なのだと言った。

使い道のない、必要とされていない道具だと。

「騎士たちがそんな希望にすがる可能性は、少なくない気がする。ただ私としては、お前が提案されたという方法のほうが、ずっとましな気はする。お芝居もいいところで半笑いではあるが、まだ笑う余裕がある」

ウィントシャーは、きっと第二王子の線も考えたうえで、先の提案をしたはずだった。

第二王子と手を組めば、その先には本物の戦がちらついている。大聖堂での会合で老騎士自身が語ったように、彼らは教皇の懐刀であり信仰の守り手であると同時に、ウィンフィール王国民でもある。

故国の民に剣を向けるなど、とウィントシャーは言っていたが、彼はその可能性を本気で危惧していたのではないか。なにせ騎士たちは、ウィンフィール王国については暗いものを心の底に隠している。

家の相続に必要ないからと外にやられ、政策に合わないからと寄付を停止された。しかも王国が教会と対立するということそのものによって、自分たちの信仰心が周囲に疑われている。

故国に向けて剣を抜く時、恨みという油は剣の滑りを良くすることだろう。

だが、信仰の下に剣を振るうから騎士なのであって、恨みによって剣を振るえばもはや騎士ではない。

月を狩る熊の話をする時の、ミューリの目に浮かぶ暗い炎の色を見れば明らかだ。

もはやそれは別人であり、大切な誰かの目がそんな色に染まるのを見過ごすことはできない。

薄明の枢機卿を引っ張り出す案ならば、まだしも茶番で済む。

「誰かが当たり前に得ている居場所を、手に入れられなかった者。あるいはようやく手に入れたそれを、失おうとしている者」

行き場のない子供たちの居場所を作っているシャロンは、腕を組んだまま大きく息を吸う。

「ラウズボーンにやって来た聖クルザ騎士団には、正直どこかに消えて欲しいと思っている。王国内に無用の混乱を巻き起こされては、我々の修道院の存続も危うくなるし、戦となったら不幸な子供たちがさらに増える。だが」

非情な空の狩人に見える鷲の化身は、棚に不格好な人形を戻す。

「それが弱い者を排除する側の理屈だともわかっている。仕方ないんだ、わかってくれ、という言葉が耳の奥で聞こえるようだ」

この世は平等ではなく、すべての者に優しく作られてなどいない。公平の天秤を用意してくれるはずの神の姿は見えず、自分たちでこしらえなければならないが、それでさえ強い者が有利に作ってしまう。

行き場のない貴族の子弟たちと共に教会をからかい、パンの船を作って救貧院に飛び込む第二王子と、家督を継げずとも倦まず、たゆまず、信仰と鍛錬に明け暮れていた騎士たち。

彼らは真逆の存在だが、生まれた順番によって天秤からこぼれ落ちたという共通点を持つ。

彼らが繋がるとすれば、暗い理由でしかありえない。

「兄様」

ミューリに袖を引かれ、詰めていた息を吐く。

シャロンの孤児院の奥の部屋から、赤子の泣き声がした。

シャロンはそちらを見て、こちらを見た。

「私はお前が騎士たち相手に、公開問答でもする様子を楽しみにしているよ」

敵ながら天晴、と言って欲しい、とウィントシャーは言っていた。

予定調和の公開問答などなんとも間抜けだが、効果は想像できる。多くの騎士たちは敵におもねることをよしとしないかもしれないが、穏便であることは間違いない。なにより、彼らの目には忸怩たる悔しさは生まれるとしても、恨みの炎は灯るまい。騎士は、騎士のままでいられる。第二王子との線よりも、ずっと、ましなはず。

「さて、悪いが寝た子が起きてしまった」

「……はい。クラークさんにもよろしくお伝えください」

シャロンは肩をすくめ、さっさと歩いていってしまう。

牛乳をこぼしたような、子供独特の匂いがする私設の孤児院。

ローズは家を追い出された後、どんな風に過ごしていたのか。

ふと、そんなことを考えたのだった。

帰り道、ミューリの口数は少なかった。

憧れの騎士たちに残された道はふたつ。

みっともない選択肢か、仄暗い選択肢だ。特に第二王子の線は、戦を前提にしたものだという以上の理由で、騎士たちには選んで欲しくなかった。

どちらを選んでも完全な正解ではないが、どちらが失敗かはわかっている。

「ミューリ」

いつもなら隣を歩いているのに、今は数歩先を歩いているミューリに声をかけると、石畳の上で立ち止まり、こちらを振り向いた。

「おそらく私は、礼拝堂での申し出を受けると思います」

ミューリに追いつき、その背中にそっと手を当てると、ミューリは並んで歩き出す。

「ウィントシャー様には辛い選択になるでしょうが、きっと部隊は存続できます」

王の確認があったうえで、騎士たちのことを褒めるのだから、王からも計らいの一環として騎士たちに金を渡しやすくなる。たとえ敵であろうとも、立派な者たちには褒美をというわけだ。それならば騎士たちの面目も立ち、しばらくは凌げる兵糧を得て、しかも王国の軍門には降らない。

憎き薄明の枢機卿と対等に渡り合い、かつウィンフィール王国の民衆に絶大な人気があるとわかれば、王国の足元を掘り崩す牙城として、騎士たちの存在は間違いなく教皇の中で高まるはず。

できすぎな流れに作為的な欺瞞を感じ取る者たちは出るだろうし、真実が噂の形で流れることも想像できる。しかしその不和は老騎士が一身に引き受ける。悪いのは安易な判断をした私だけだと。

かくして部隊はその後も存続する。

　現実的な幕引きだ。

「あなたには、悲しい選択かもしれませんが」

「んーん、兄様、私はね」

　そう言って顔を上げ、こちらを心配させないようにと健気に笑いかけたミューリのことを、まっすぐに見据えた。

「私は全力で、聖クルザ騎士団の敵を演じます」

　驚くミューリに、こう言った。

「あなたは私をとても褒めてくれますが、あの騎士たちもまた、全くそれに劣っていないことを人々に知らしめます」

　ミューリが自分のことを高く評価してくれるのなら、ミューリが大好きな騎士はその高さに相応しいのだと示すことで、きっと痛みはいくらか軽減される。

　なぜなら騎士もあの兄と同じくらい凄いのだから、という理屈によって。

　だから気を落とさないで、とミューリの肩を摑んでいたら、ミューリは小さく肩をすくめてその手を払う。

「あのね、兄様」

「は、はい？」

「私は兄様のことが大好きなだけで、格別褒めてないんだけど」

「えっ」

「兄様のこと褒めてるのは、金髪とか、よく知らない町の人とかでしょ」

「……」

言葉もなく記憶を探ると、そんな気がしないでもない。

たちまち自信過剰が恥ずかしくなってくる。

たまに大きく踏み出したかと思えばこれだ、とうずくまりたくなっていると、誰かに腕を取られた。他に誰がいるわけでもない、ミューリだ。

「でも、兄様がなにを決意してくれたかはわかってる」

面白くて笑う時とは明らかに異質の、柔らかい笑顔。

ミューリはぐいと腕を引いてこちらの姿勢を崩すと、背伸びをして頬に口づけをしてきた。

「兄様のそういうところが大好き」

二度も不意打ちされたことに忸怩たる思いだったが、いや一度目は自業自得かと思い直す。

とはいえミューリに想いが伝わってくれたのなら構わない。

ため息をついて諸々の感情の残滓を吐き出して、新しい春の空気を吸い込んだ。

「そうと決まれば早くしましょう。第二王子の陣営にも騎士団到着の報が届いているはずです。ウィントシャー様の決意を向こうがよからぬ策を持ち込む前に決着をつける必要があります。

無駄にしてはいけません」

ミューリは赤い瞳を大きくして、牙を見せた。

「うん！」

腕の血が止まるくらいに強く抱きしめてきたミューリは、歩き出すとこう言った。

「ふふ。兄様の演技かあ。笑っちゃわないか不安だけど」

「……」

嫌そうな顔を向けると、意地悪な笑顔を返される。

まったく悪い狼だと呆れるが、元気になってくれたことにはほっとしたのだった。


エーブは結局本当に尾行をつけていなかったらしい。

屋敷に戻ってからミューリがあけすけに言うと、すごく嫌そうな顔をしていた。

「私が年がら年中陰謀を企んでいるとでも？」

「違うの？」

その瞬間、エーブは葡萄の籠をさっと自分の手元に引き寄せていたので、案外大人げない。

「第二王子に騎士たちがくっついたくらいでは、決定的に情勢は変わらない。だったらもっと確実な商いを進めるってだけだ」

「商い？」

テーブルに身を乗り出してエーブの手元の葡萄籠に手を伸ばすミューリと、そのミューリを押し返すエーブという寸劇の中、傘持ちの娘が笑いながら新しい籠を持ってくる。

「お前たちの話を聞いた後、さっそく大聖堂のヤギネに一言入れてたな。騎士とお前の茶番劇の後、騎士たちが必要とする物資の調達役や、寄付金の受付と両替業務をうちにやらせろという約束を取りつけた。騎士にはなんらかの形で王も金を出すだろう？　そっちの金を当てにしたほうが確実だ」

エーブは常に一歩先を行き、その手も恐ろしく速い。

感嘆のため息をついていると、葡萄の籠をもらったミューリは、一粒つまんで口に放り込む。

「じゃあこれはその分け前の一部ね」

「一部じゃない、全部だ」

「けち！」

歳が離れた姉妹みたいなやり取りをする二人に苦笑していると、ふとエーブが口を開いた。

「ああ、そうだ。老婆心ながら言っておこう」

「はい？」

聞き返せば、エーブが目を悪そうに光らせていた。

「お前があいつらのことを敵として認めるとしよう。民衆もまた、さすが騎士団だとなる」

「は、はい」

「そこで終わりと油断するなよ」

数舜の空白が頭を支配する。

「……え？」

「葡萄の籠をふたつとも取るかもって、こと、だよ！」

ミューリはテーブルの上に手を伸ばし、エーブの籠も取ろうとする。

エーブはもちろんひょいと軽くかわしてしまう。

「ふたつもって……どういうことですか？」

「兄様の喧嘩相手として認められた騎士さんたちは、その勢いを利用して、さらに悪い王子とも手を組むかもってこと、もう！」

「箔がつく分、お買い得だ」

軽くあしらわれ、途中から耳も尻尾も出していたミューリは、悔しがってそのままテーブルの上に腹ばいになっている。傘持ちの娘はころころと笑いながら、そんなミューリの頭を撫でていた。

「まあ、きちんとおぜん立てをすれば、問題ないと思うがね」

エーブは勝利の葡萄を一粒口に含む。

「騎士連中は良くも悪くも単純だ。勝利の道を見せてやれば、脇見もしないできちんと前に進んでくれるだろ」

牛かなにかみたいな物言いだが、なんとなくわかる。

騎士たちの勇ましさは、少なからぬ部分をその愚直さに負っているのだから。

「死なすには惜しい連中だ」

エーブは椅子の背もたれに体を預けて、言った。

「私も戦叙事詩は嫌いじゃない」

教会の紋章の前で交差した、二本の剣という騎士団の旗印。

エーブは口ではなんだかんだ言って、心はまだウィンフィール王国にあるのだろう。

「頑張りますが……」

「ん？」

こちらを見たエーブに、言った。

「あまり暴利をむさぼりませんように」

虚を衝かれたといったエーブは、それから肩を揺らして笑ったのだった。


大事なことを手紙でやり取りするのも心許なく、屋敷に詰めていた兵士を通じてハイランドに連絡を取った。

するとすぐに返事があり、騎士たちは大聖堂から離れているため、今なら会えるとのことだった。騎士たちは刀剣商組合と鍛冶屋組合の守護聖人祭に参加するため、刀剣商や職人の工房が集中する街の区画に出張っているらしい。

「えー、そっちに行きたい！」

屋敷の下男から、剣の演武なんかもあるらしいと聞きつけたミューリは早速駄々をこねたが、もちろん聞き流した。不満たらたらのミューリの手を引いて街に出ると、心なしか人の流れが一方向に向いている気がした。あるいは、ミューリが職人街のあるそっちばかりを見るからかもしれないが。

「みーんなお祭りに行ってるんだよ」

厭味ったらしくそんなことまで言っていた。

それから大聖堂に向かえば、昼の礼拝時ほどとは言わないまでも、相変わらずの人出に面食らう。今からこれでは、夕刻の礼拝には仕事を終えた者たちも参加するから、大変なことになるのでは。

そう思って再会したハイランドに聞いたら、肩をすくめられた。

「騎士団が来る前から、日を追うごとに人の数は増えている。どうやら近隣の街からわざわざ足を運んでいる者たちがいるようだ。騎士団がいるからというより、王国の多くの街ではまだ聖堂や教会が門戸を閉じたままだからだろう、とのことだよ」

先日のラウズボーンでの大騒ぎから日数を計算すれば、ラウズボーンの話が近隣に伝わり、信仰に飢えている者たちが出かける準備をした後、この街に到着するのが今くらいかと思う。

「他の街の教会組織も、門戸を開いてくれたらと思うのだが」

「教皇様の側は、まさにその可能性に戦々恐々としているようですが、実際どうなのですか？」

　時間は王国に味方する、と王たちは判断した。

「どこかで堰を切ったように……となることはあり得るだろうが、今のところは続報もない。門戸を開いたのは、君たちが通った街だけだ」

　注目される理由がわかるかな？　と悪戯っぽく付け加えられる。

「それにあまり事態が進みすぎると、それはそれで教会側の態度を硬化させる。あまり向こうを刺激せず、同時に王国にある教会の聖務を再開させる方法が見つかればいいんだが」

　三年という時間はあまりに長い。

　生まれた赤子の洗礼式は人々が手ずから行い、結婚の誓いはたどたどしく土地の長老が読み上げ、死者の埋葬の祈りは人々が涙ながらにうろ覚えで祈りを捧げる。

　その間、聖職者たちは門戸を閉じて収入が途絶える中、溜め込んだ資産で食い繋いだり、聖職禄を求めて大陸に渡ったりしている。

　どちらも幸せにならない我慢比べは、籠城戦のようなものだ。

「それに、門戸を開くには内部の腐臭がひどすぎる、という教会が多々あるのも事実だろうしな。嘆かわしいことだ」

つい先日に訪れたブロンデル修道院も、健全な信仰の生活、というものからは縁遠い存在だろう。だからハスキンズが自分たちのことを疑った以上に、修道士たちは自分たちのことを疑っていたのでは、とも思う。

きっと門戸を閉じているのは教皇の命令でありつつ、探られると痛い腹を隠している面もあるだろう。そしてそんなことをしているうちに、悪い商会に目をつけられて資産を勝手に売り飛ばされる、などという話もあった。

かといって国王が直々に門戸を閉ざした教会に手を出せば、教皇の怒りを掻き立てるのは目に見えている。第二王子の発行した徴税権よりも、さらに激烈な反応を招くはずだ。

教会の自浄作用がもっと作用すればいいのだが、と思って、ふとなにか頭に引っかかった。

なんだろうかと思ったところに、ハイランドが言う。

「そんな中、教皇の懐刀を輝かせる、というのはある意味危険な判断かもしれないが」

ハイランドはため息をついてから、「いや、前向きな話だけをしよう」と笑って言った。

「君が決断してくれて助かる」

「あ、いえ」

短く答え、頭に浮かびかけたなにかを横目に見ながら、付け加える。

「第二王子と騎士の方たちが手を組むことを考えたら、圧倒的にこの計画のほうが被害が少ないかと思います」

「ウィントシャーの手前、その話をできなかったが……屋敷にエーブがいて驚いたろう」

　やや申し訳なさそうに笑うハイランドに、微笑み返す。

「エーブさんは暗躍を疑われて心外のようでしたが、正しい判断かと思います」

「ちなみに、エーブは本当に第二王子と騎士との結託を画策していないだろうか？」

「ヤギネ様に話をつけて、私たちの案に沿った儲けならば確保している、とのことでした。騎士の皆さんがこの後必要とする物資の手当てと、集まるであろう寄付金の両替業務を引き受けたいと」

　ハイランドは、驚いたような、ほっとしたような複雑な顔をしてみせた。

「儲けになるならば本当になんでもいいのか」

「その意味では信用ができます」

　理解しがたい、とばかりに首を振っていた。

「ただ、横槍はいつどこから入るかわからない。話を迅速に進めたいと思っている」

　名と実の、名の話だ。真実をかさ上げするには、街の人々が騎士たちに大きな関心を寄せている間に、そして、騎士たちが余計なことに目を奪われる前に成し遂げなければならない。

「問題はウィントシャーの側には常に誰かしらが付き従っていることだ。明日も朝からずっと催しごとが入っていて、秘密の計画を練るのが非常に難しい」

「夜は？」

ミューリの問いに、ハイランドは疲れたような顔を見せた。

「錬度の高い騎士たちというのを侮っていたよ。夜は必ず寝ずの番がつく。さすが聖クルザ騎士団だと賞賛したいところなのだが、今回ばかりは困ったものだ」

ミューリは無邪気に騎士たちの凄さに喜んでいた。

「昼間もぴったり護衛がついていてね」

「その警戒具合は……やはり教皇の側から、刺客が？」

ミューリは冒険じみた話に興味を引かれていたが、ハイランドは苦笑いに近いものを浮かべていた。

「彼らは、そのつもりかもしれない。だが、教皇がわざわざ王国内でそんなことをするなら、そもそも島から船を出させなかったはずだ。それに航路の途中でも、拿捕は可能だったろう」

「王様から刺客が向けられるかも」

ミューリの一言に、ハイランドは困ったように微笑む。

刺客がいるかもしれないというのは、騎士たち自身がそう思いたがっているということだ。自分たちが取るに足らない存在だと知って、喜ぶ者はいない。

「とにかく騎士たちは、今日は刀剣商や職人たちの祭りで夜まで戻らない。明日も無理。どうにか明後日には時間を確保させたい」

「……嫌な待ち時間ですね」

今日の昼にウィントシャーと会談できたのは幸運だったのだ。

「まったく。今もまさに第二王子からの使者が街に向かっているかもしれない。だが騎士たちは商人よりも約束を重んじる。誓約を交わしてしまえば、うまくいくはずだ」

彼らの律義さを考えれば、第二王子が粉をかけてきても、容易にはウィントシャーの決断を翻せない。

「とはいえウィントシャーの空く時間を待つしかない。無理をして他の騎士たちに計画が露見するのは避けたい。王に向けては、この後すぐに早馬を出しておく。王は敵でも味方でもない騎士団の来訪に頭を悩ませているだろうから、朗報だと喜んでくれるだろう」

三十人程度の戦力は、武力としては取るに足らなくても、象徴としての意味がある。ミューリが言ったように、想像上の騎士は一騎当千となる。

わずかに花を持たせるだけで大きな混乱もなく王国から出ていってくれるなら、王としては願ったりかなったりだろう。

それに長期的な視点としては、ハイランドが語った未来の教会との関係もある。

「もっとも、待ち時間は暇な時間ではない。新設の修道院の手続等もまだ残っている。やることはたくさんある。幸か不幸かね」

気遣うような笑みを向けると、ハイランドはミューリを見た。

「備品の買いつけは終わったのだったか？」

「うん。そっちは終わって、エーブさんにお勘定を回してあるよ」

「さすが凄腕の行商人と謳われた人物の娘だ」

「でしょう？　商人さんになろうかなって思ったよ」

ロレンスが聞いたら大喜びしただろう。

「ただ、修道院予定地の建物が、想像以上の荒れようだったと聞きましたが……」

シャロンから聞いた話を告げると、ハイランドは酸っぱいものを食べたような顔をした。

「長いこと空き家だったが、手入れはしている、と聞いたんだが……。シャロンやクラークから報告を受けたら、職人の手配もしておこう」

ご苦労様です、と頭を下げておく。

「ところで」

と、ハイランドがやや唐突に、どこかわざとらしく、何げない風を装って言った。

「紋章の件はどうだったのだ？　面白い話は聞けたのか」

自分たちと同じくらいか、あるいはそれ以上に気にかけてくれているらしい。

ハイランドのそわそわとした様子に嬉しくなりつつ、ミューリがこちらをらんらんと輝いた目で見ているのが気になった。

「お話してもいい？」

あの荒唐無稽な熊の話、と気がついた。正体がばれるようなへまはしないと思うが、思いついた話を誰かに聞いて欲しくて仕方ないのだろう。

「あまりご迷惑をおかけしませんように」

ミューリはその言葉を許可と受け取り、狼の紋章が少ない話から、熊の紋章の話に繋げ、途中で王国の羊の紋章は少し毛が短すぎるのでは？　という話も挟んでいた。

ハイランドはミューリの話が面白いのか、あるいはミューリと話せることが嬉しいのかわからないが、終始上機嫌だった。

そんな平和な様子を眺めながら、騎士を巡る計画もうまくいきますようにと、壁に掛けられた教会の紋章に祈りを捧げたのだった。


ミューリは結局、刀剣に関する組合が主催する守護聖人の祭り見物に向かってしまった。

自分は騎士たちに顔を見られ、万が一にでも覚えられたら計画に支障をきたすかもしれないが、ミューリはその限りにない。その理屈で攻められたら反論もできず、意気揚々と駆けていくミューリの背中を苦々しく見送った。日が暮れてから帰ってきたミューリが得意げな様子で腰に木剣をさしているのを見て、ため息をつくほかなかった。

その翌日は、街の大商会が大きな船舶の艤装を新しくし終えたとかで、そのお祝いに騎士たちも呼ばれているとのことだった。もちろんミューリは巨大な船舶を見たがったし、お祝いごとに参加したがらないはずがない。

結局無言の圧力に負けたのだが、ミューリが外に出てくれていれば、その間は静かな部屋で聖典の俗語翻訳の続きができる。利害は一致しているか……と思いながら、ミューリを送り出した後の部屋で翻訳作業を続けていた。

夕方頃になると、翌日のウィントシャーの予定を把握したハイランドが手紙をよこしてきた。近隣の司教区からやって来た聖職者向けに特別な礼拝を行うが、そこにウィントシャーが騎士代表として参加するのだという。平騎士たちは通常の礼拝に参加するので、前回同様にウィントシャーの周囲から騎士がいなくなる時間ができる。

そこで案を進める秘密の誓約を結び、計画のあらましをウィントシャーと詰める、と書かれていた。計画をざっと眺めると、まずは大聖堂前で公開問答を行い、民衆にこの争いを印象づける、とあった。奇しくもシャロンの言った通りだ。聖人伝でもよくある場面なので、そこに自分が参加すると思うと、なんとなく面映ゆい。

「兄様、なに読んでるの？」

「うわっ」

ハイランドからの手紙を読んでいたら、突然腕の下からミューリの頭が割り込んできた。いつの間に帰ってきたのか、と思う間もなく、その臭いに顔をしかめた。

「うっ、ミューリ、なんでそんなに魚臭いんですか……」

「え？　ほんと？」

ミューリは耳と尻尾を出して、自分の服の匂いを嗅いでいた。

「港のあちこちで焼き魚が振る舞われてたからかも。美味しかったよ」

「まったく……」

しかも一日中海沿いの潮風に吹かれていたせいか、ミューリの体全体がじっとりしている。

「お湯をもらってきて綺麗にしなさい」

「はーい」

「耳と尻尾！」

部屋から出る間際、ミューリはわかってますよーとばかりに、わざとらしく腰と頭を振って狼の痕跡を隠していた。そんなミューリにため息をついて、ハイランドの手紙に返事を書く。

聖クルザ騎士団と薄明の枢機卿が公開問答をするのならば、街の人々にもわかりやすい題材を選ぶ必要がある。聖典のどこから引用すれば良さそうかと検討し、候補を記しておく。ウィントシャーのほうも自分たちの立ち位置を明確にするため、人々の前で訴えておきたい信仰上の問題があるはずだから、そこも絡めやすいように。

翻訳のためにすべて暗記するほど読み込んだ聖典を、もう一度開く。その持てる知識のすべてを注ぎ込んで手紙を書く後ろでは、ミューリが大きな桶に湯をざばざばと注いでいて、緊張感を保つのに苦労した。

そして、もうもうと立ち込める湯気のせいでインクが滲み出す頃、ミューリが言った。

「兄様、髪の毛洗って!」

すでに服を脱いで準備万端。恥じらいもなにもないミューリの前で、神学問答の草稿など書けはしない。諦めてペンを置いて、腕まくりをした。

「えへへ」

手に取った石鹸は、さすがというべきか香草で香りのつけられた豪華なもの。泡立ててからミューリの髪を洗ってやると、くすぐったそうに身をよじり、狼の尻尾がぱちゃぱちゃ湯を掻き回していた。

ミューリから片時も離れようとしない子犬は、湯が怖いのか盥から少し離れたところで腹ばいになっている。

「あ、そうそう。大聖堂に怪しい人が出入りしてないか、鶏に監視させてたけど」

「え?」

驚いて聞き返すと、お湯で少し火照った肩越しに、ミューリが振り向いた。

「兄様、私が本当にずっと遊んでたと思ってるの?」

沈黙が答えだ。

ミューリは尻尾で湯を撥ねさせ、こちらの足が濡れた。

「お祭り中も、怪しい人がいないか探してたけど特にいなかった。悪い王子様が人をよこしてるなら、人ごみの中でも多分それとわかるだろうし」

小娘の生兵法、というにはミューリは実際の狩りでも優秀すぎる。

そのミューリがシャロンの助けも借りたうえで言うのだから、信用できるだろう。

「兄様がとちったりしなければ、きっとうまくいくと思う」

「ほかの演目ならば台詞を覚えられなくても、神学問答ならば大丈夫です」

むしろ夢中になりすぎないかがやや不安だ。

「そういえばおうちでも、髭のおじいさんたちとずっとお話ししてたね」

「あなたはそれを無駄話と呼んでいましたが、役に立ったでしょう？」

髪の毛の泡を流してやると、ミューリは狼の耳を伏せ、人の耳には指を突っ込んでいた。

聞こえない、という意思表示も兼ねていたことだろう。

何度か髪の毛に湯をかけてやってから、少し骨の目立つ背中をぴしゃりと叩く。

「はい、残りは自分で洗いなさい」

「えー」

「私は手紙の続きを書きませんと。湯が冷めないうちに早く洗うんですよ」

木窓を開けてあったので、湿気も幾分逃げていた。これなら手紙を書けるだろう。

不平を言いながらぱちゃぱちゃとやり出した水音を聞きながら、手紙の続きを進めていく。

そんなところに、ミューリが言った。

「ねえ兄様、騎士さんたちだけどね」

顔を上げて振り向くと、ミューリは子犬にお湯のしぶきをかけて意地悪していた。

「みんな楽しそうにしてたよ。早くあの子も戻ってきたらいいのに」

救援の手紙を持たされ、ブロンデル修道院に走っていたローズ。

確かにローズにも街の人々からの熱狂的な歓迎を味わって欲しかった。

「全員笑って終えられたらいいね」

子犬に向かってミューリは牙を剝く。

石鹼の香りに鼻をくすぐられながら、そうですね、と答えたのだった。

第五幕

大聖堂内に聖歌の歌声が響き、乳香の甘い香りが漂ってくる。

教会の扉を開けられず、長いこと礼拝を行えなくて鬱屈しているのは、なにも街の人々だけではない。近隣からやって来た司教や聖職者たちは、大聖堂内の空気を吸うと、まるで一年ぶりに湯に浸かりにきたニョッヒラの湯治客たちのような顔を見せていた。

そんな彼らを大司教のヤギネが特別な礼拝堂に迎え入れ、互いの無事を確かめ合う。聖職者たちはウィントシャーの姿にも大いに感激し、強く抱擁を交わしていた。王国内の教会で息をひそめる彼らも、立場的にはウィントシャーたちと似たようなものだからだろう。

そんな光景を遠目に、自分たちは大聖堂と懇意にしている商家の人間のような顔をして、廊下で待機していた。高位の聖職者たちが、長衣の裾をさらさらと言わせながら礼拝堂の床に膝をつく姿が扉の隙間から見える。ヤギネが聖典を手に取り、ちらりと隙間越しに視線をこちらに向けた。遅れてウィントシャーが廊下に出てきて、ヤギネの祈りの文句と共に、若い司祭が扉をそっと閉める。

老騎士は閉じられた扉を振り向きながら、言った。

「彼らにとって、ここは信仰の砂漠にある泉のようだな」

少し前まで、ラウズボーンもまた僧服を着た聖職者が歩けるような雰囲気ではなかった。

実際に自分はそれで港に入るなり、徴税人組合に引っ立てられたのだ。

「そなたから言って、王国の教会にもっと門戸を開かせることはできないのだろうか」

「私も過去に同じことを思いました、とお答えすることをお許しください。しかし教皇様がそれをどのように捉えられるかと考えると……」

そう伝えると、ウィントシャーは喉の奥でうなる。

一方で、自分はこの話をハイランドとした時に、なにか案を思いつきかけていたことを思い出す。なんだったろうか、と頭の中を探っていると、ウィントシャーが言った。

「王国からの攻撃と取られるし、かといって聖職者たちが自発的に扉を開ければ、教皇様からの聖務停止命令に背くことになる……か。そなたが聖堂の扉をふたつ開けたくらいが、限度なのかもしれないな」

老騎士はため息をつき、頭を振った。

「いや、無駄話はやめよう。貴重な時間だ」

「ハイランド様が別室でお待ちです」

そう言って歩き出すと、護衛たちが先に進んで、一室の扉を開ける。

「ウィントシャー殿」

「お待たせした」

ハイランドとウィントシャーは握手を交わし、円卓に着く。

「早速ですが、こちらで提案の骨子を整えてみました」

ハイランドが目で合図すると、控えていた別の護衛が、書類をウィントシャーの前に置く。

「基本的には、貴殿ら騎士とコル殿の公開問答によって民衆の耳目を集めてから、ヤギネ殿が仲裁役に立っての討議という流れになるかと思います。仰々しくするため、市政参事会からも都市貴族を呼ぶ予定です」

ハイランドが円卓に置いた書類を眺め、ウィントシャーは尋ねる。

「彼らの参加も頼めまいか？」

指は壁の向こう側を指している。礼拝に来た近隣の聖職者のことだろう。

「我々騎士たちの味方を増やしたい……というわけではない。彼らも孤立無援で息を潜める身。せめて戦に参加できたのだという慰めを分け与えたい」

自分たちの進退がかかっている中で、常に周りに気を配る。

ハイランドは感じ入ったようにうなずいていた。

「参加者が多ければそれだけ威厳も高まるでしょう。コル殿、平気か？」

その問いは、やや悪戯っぽく。

「大丈夫です。神学問答は、声の大きいほうが勝つというものではありませんから」

ハイランドのみならず、ウィントシャーも目を大きくしていた。

そして、困ったように笑う。

「貴殿が我々の味方であったのなら」

味方です、と言おうとして、やめた。真の意味で味方にはなれないし、彼らをここまで追い詰めてしまった遠因に自分がいる。

自分の沈黙が目立たないうちに、ハイランドが口を挟んでくれた。

「公開問答についてですが、街の人々にもわかりやすい題材にできたらと思っています」

「拝見した。神から授かり、天使が持つ剣と天秤の話とは、良いものを見つけられた。商人たちの多いこの街にもぴったりだろう。我らの剣による正義の存在と、神の信仰の前に中立であることを訴えやすい」

王国の敵でもなく、味方でもなく、ただ信仰の守り手として。

「そなたはどのように攻めるつもりか？」

聖典の解釈についての、愉快な討論会ではない。

自分はハイランドの下に馳せ参じ、教会と戦う改革の旗手という役柄だ。

「王国はそもそも、教会の定める十分の一税を不服としています。なぜならそれは異教徒との戦のために集められた臨時の税だったからです」

そこまで言えば、ウィントシャーには理解できたようだ。

「我々はまさにその税で維持される剣にほかならない、か。痛いところだ」

騎士たちは戦力であり、戦いの象徴である。戦が終わってしまえば、必要とされなくなる道具に過ぎない。教皇がウィントシャーたちを見捨てるような冷たさを見せているのも、事実異教徒との戦が終わってしまったからだろう。

「街の人々は、相反する気持ちに囚われるでしょう。街の酒場でも意見が戦わされ、言葉は良くないですが、盛り上がりを見せるはずです」

騎士たちを応援したい素直な気持ちと、理不尽な税を要求する教会への苛立ち。

ウィントシャーはミューリとは違う、年経た人間特有の銀髪を撫でた。

「ふふ。よほど気合を入れないと、我々は負けてしまいそうだ」

そんなことはない、とは言えなかった。おこがましいかもしれないが、勝つ自信があった。なぜなら正義はこちらに、世の大きな流れがこちらにあるからだ。

そして、それはひどく残酷なことなのだと思った。

ウィントシャーの前に立ち、彼我の年齢差は三十以上、四十近いだろうかと見積もる。おそらく目の前で苦笑いしているウィントシャーは、若い頃には本物の異教徒との戦に従事した経験を持つはずで、命がけで教会の信仰を守ってきた本物の騎士なのだ。

自分のように、書物の上だけで信仰を磨いてきたのではない。多くの仲間を失い、語られない悲劇もたくさん見てきたことだろう。そうして彼らは異教徒との戦を勝ち抜いてきた。

やがて趨勢が決し、異教徒が追い払われた。自分が子供の頃でさえ、異教徒との戦は形骸化した催しものになり、北の大遠征などと呼ばれた年中行事になっていた。そしてそれでさえ十年前に終わり、世界は平和になった。

異教徒の脅威が現実のものだった頃、ウィントシャーはこんな場面を想像しただろうか。

異教徒を打ち負かし、世界に平和が訪れたのならば、誰よりも騎士たちこそがその誉を一身に浴びていると思っていなかったか。

まさか自分たちが必要とされなくなるなどと、想像もしなかったに違いない。

「しかし、戦は不利なほうが面白いものだ。部下の結束も高まるだろう」

ウィントシャーは、なにか諦めたような、さっぱりした様子でそう言った。

エーブはこの老騎士を評して、自分たちの立場に一切の希望を抱いていない、と言った。

我々の結束、と言わなかったのもそのせいだろう。ウィントシャーは敵におもねった反逆者であり、もはや自身を聖クルザ騎士団の一員であるとは考えていないのだ。

「薄明の枢機卿殿」

ウィントシャーがこちらを見た。足がすくむような、澄んだ目だった。

「ぜひ手加減なしで、挑んでもらいたい。我らはその分だけ抵抗し、自身の立場を主張できる。部下たちは足元が砂のように頼りないと感じている。空は曇り、方角もわからなくなっている。だが、敵がいれば、立ち向かう先さえわかれば、彼らは団結できる。この嵐の中、絆を維持できる」

それが欺瞞に満ちたものであっても、ばらばらになるよりはまし。

「久しぶりに戦えることを、心から感謝する」

屈託のない笑顔が、目に痛かった。

決行は、明後日ということに決まった。

王からの反対がなければ、とのことだが、まずそれはないだろうとハイランドは言っていた。

「しかし、明後日か」

最後の別れ際、ウィントシャーがふとそんなことを言った。

「不都合が？」

ハイランドの問いに、ウィントシャーは慌ててかぶりを振った。

「いや、実は王国に来るにあたって、受け入れ先を求めて使いを走らせていた。ここの大聖堂が受け入れてくれるとは限らなかったのでな。そのうちの一人がまだ戻ってきていないのだ」

「それは……心配ですね。急ぎ人をよこして、探させましょう」

「いやそれは」

ウィントシャーが言いかけたところに、顔を見合わせていたミューリが言った。

「ローズって子のこと？」

ウィントシャーは驚いてミューリを見た。

「ブロンデル修道院に行く途中に見かけたよ。ふらふらになって泥道に頭から突っ込んでたけど、無事にたどり着いてた」

泥道のくだりでウィントシャーは目を手で覆っていたが、どこか愛のある嘆き方だった。

「騎士たる者が情けない……しかし、前向きに倒れるというのはあいつらしい」

ウィントシャーは言って、笑いながらため息をつく。

「私が恥じ入るくらい騎士道を重んじる見習いでな。戦いの際に我が陣にいてくれたら、さぞ心強かったと思うのだが」

そう語る様子は、孫の話をする祖父のようだ。自分と騎士団との論争は、間違いなくラウズボーンの年代記に残る大騒ぎになる。しかも騎士たちが再び表舞台に出るきっかけになるはずなのだから、そこにローズが参加できないのはかわいそうだと思ったのだろう。

「早馬は出しておきましょう。間に合うかはわかりませんが」

「いや、う、む……こんなことで手を煩わせるのは、全く面目ないが……」

「とんでもない」

ハイランドはむしろ、ウィントシャーの優しさに心打たれているようだった。

騎士たちは入団の際に騎士修道会に入会し、互いのために死力を尽くすという誓約を交わす。その絆は家族にも喩えられ、決して誇張ではないのだと実感できた。

彼らがこの先もずっとその関係を維持できるため、頑張らねばならないと思い直す。

ただ、そこにウィントシャーの姿があるかどうかと考えた時、自分の胸に黒い蛇が現れるのを感じてしまう。心の臓の周りを這い回り、噛みついては胸を痛ませる蛇だ。それでも覚悟を決めた騎士の決意を無駄にしてはならないと、しっかり二本の足で立つ。

その後、ウィントシャーは他の騎士たちと合流するために部屋を後にし、自分たちはヤギネを交えて当日の流れをいくらか確認し、大聖堂を後にした。

ラウズボーンの街は今日も賑やかで、平和だった。

「兄様」

屋敷に向かって歩いていると、ミューリに袖を引かれた。

「美味しいものでも食べて帰る？」

それがいつもの買い食いのおねだり、というわけではないのはすぐにわかった。

きっと、そんな顔をしていたのだろう。

「なにが食べたいですか？」

「え、私が決めていいの？」

ミューリが美味しそうに食べていたら、それが一番美味しく感じられる。

そう思ったものの、慌てて付け加えた。

「油で揚げた魚の骨以外で」

「えー、あれ美味しかったのにな」

あれは見ているだけで胸やけがしてくる。

ミューリは結局、目玉焼きと塩漬け肉をパンに挟んだ、至極まっとうなものを選んでくれた。

ただしパンはラウズボーンで最も腕の良いパン職人が作ったものらしく、殺到する客にもみくちゃにされ、買うには骨が折れた。

とはいえその価値は確かにあって、パンは柔らかく、塩が強めに利いていて美味しかった。

「兄様は、本当に優しいね」

忙しなく人が行きかう港の、隅っこに置かれていた木箱に座ってパンをかじっていたら、ミューリがそう言った。

「そんなことで、この先戦い抜けるの？」

がつがつとパンを食べるミューリは、責めるようにそんなことを言ってくる。一昨日にウィントシャーからの提案を聞いた帰り道では、むしろミューリのほうが意気消沈していたのに、おかしなものだ。

そのことを指摘すると、大昔のおねしょを指摘されたような顔をして、牙を見せた。

「ましな選択肢がそれしかないとわかったんだもの。くよくよしたってしょうがないじゃない。第一、戦いで一番良くないのはね」

ミューリはがぶりとパンを嚙み、右側の頰をリスみたいに膨らませる。

「迷うこと。剣に迷いを持たせるなってね。それは敵に付け入る隙を与えるだけではない。そのためらいが、敵に無用の傷を負わせるのだって」

切り捨てるならば、一息の下に。

「あなたの思い切りの良さは、怖いくらいですけど」

すると、灰に銀粉を混ぜたような毛並みを持つ狼の娘は、あでやかに笑ってみせた。

「あの偉い騎士さんは、最後に好き放題言いたがってる感じがあったからさ、兄様も好き放題言ったらいいんだよ」

歯に挟まった肉の筋を、行儀悪く指で取りながら、ミューリはそんなことを言った。

「顔真っ赤にして、口から泡を飛ばして怒鳴り合ったりね。すっごい盛り上がると思う」

ミューリは肩をすくめて笑い、木箱の上で胡坐をかく。

そうしていると完全に、小生意気な商会の小僧だ。

「でも、それくらいでいいと思う。静かな戦場なんて、戦場らしくないでしょ？」

ウィントシャーの、おそらくは最後になる戦場だ。可能な限り賑やかに、欺瞞のことなど思い出しもしないくらいに。そんな場面を想像して、口が笑ってしまうのは緊張と哀愁の笑みだ。

観衆の中、声を張り上げるだけでも緊張するだろうし、その時目の前にいるのは本物の歴戦の騎士であり、さらにその後ろにはずらりと屈強な騎士たちが控えている。

伝統と歴史、そして強烈な自負を持った信仰集団、聖クルザ騎士団。

そこに自分が対峙するなど、まさに山中で熊の群れに出会った木こりのようなもの。

けれど、恐怖に駆られる必要はない。落ち着いて視線を巡らせればいい。

自分の隣にはきっと、どんな時でも信頼できる、銀色の狼がいるのだから。

「紋章が」

「ん？」

　また思考に没頭していた隙を見て、こちらのパンからこっそり塩漬け肉を抜き取ろうとしていたミューリが、視線を上げた。

「紋章が間に合ってたら良かったですね」

「……」

　塩漬け肉を抜いたら目玉焼きもずるりと落ちかけ、ミューリは口で受け止める。そんな変な姿勢のまま、目をぱちぱちさせた。

「二人の紋章の晴れ舞台として、悪くなかったと思います」

　ちゅるりと目玉焼きを飲み込んだミューリは、指についた黄身と塩漬け肉の脂を舐めてから、楽しそうに笑う。

「兄様は、私よりよっぽど夢見がちじゃない」

　その指摘に、小さく笑う。

　ミューリが側にいれば、どんな敵とも渡り合えると信じられる。その二人の繋がりを示す紋章なのだから、お披露目だってそれに相応しいものであるべきだと思う。

　人に見えるようには飾らずに、揃いの紋章をどこかに身に着ける様を想像する。

　笑ってしまうくらい、冒険譚の一場面だ。

その瞬間、ふと、そんな自分とミューリの関係を言い表す言葉が形になりかけた。ただ、それは掴もうとすると逃げてしまう雪のように、手の中からするりと抜け落ちてしまう。

必死に追いかけようとして、思わず現実に手が伸びてしまう。

「兄様？」

不思議そうに尋ねてくるミューリに、諦めたようにため息をついた。

「すみません、なにか今、あなたとの関係性を言い表す言葉が出かけていて……」

「お嫁さん」

「違います」

そんなやり取りをしていたら、出かけたなにかを完全に見失ってしまう。

「ああ、もう、完全にわからなくなってしまいました」

ミューリは木箱から降りると、楽しげに言った。

「別になんでもいいよ」

ミューリは腰に手を当て、海を見やる。

「あの老騎士様は、騎士団をやめたって、きっと騎士だもの」

風が吹いて、ミューリの銀色の髪が揺れる。

「あの男の子が、見習いだけど誰よりも騎士っぽかったみたいにね」

ミューリは優しく、強かった。年下の、妹として世話をしてきた女の子にやり込められるなどみっともない、と思っていたのは最初だけ。

凛とした立ち姿を見せるミューリに、「あなたも」と言いかけて、口がそのまま固まった。

一度失くした答えが、あっけなく見つかった。

自分とミューリの関係性。

あまりにもぴったりな、その一言。

「どしたの？」

怪訝そうに振り向くミューリに、ゆっくりと固まっていた口が閉じる。

そうして、笑みの形になる。

「いえ、なんでもありません」

「ええ？　嘘、絶対なにか隠してる顔だけど！」

この話が落ち着いたら言おう、と思った。

きっと喜んでくれるはずだから。

「もー、兄様！」

そんなミューリをいなしながら、明後日の準備のために屋敷に戻ろうと歩き出す。ミューリはしばらくこちらの腕を叩いたり引っ張ったりしていたが、やがて諦めたのか、むくれながら手を握ってきた。

完璧を求めることはできないが、可能な限りの理想を追いかける。

明後日の討論は手加減してはならない。

そんなふうに気持ちを改め、歩いていた時のことだった。

「?」

ミューリがふと足を止めて、振り向いていた。

「どうしました?」

立ち止まると、いつのまにか一頭の野良犬が、ミューリのことを見上げていた。

それから頭突きをするように、ミューリの脇腹に鼻先をぐりぐり押しつける。

「ちょっと、もう、くすぐったいよ、なあに?」

「ワフ」

野良犬は小さく吠えると、すたすた歩き出して、立ち止まってこちらを振り向いた。

「ついてこいって感じですね」

ミューリは肩をすくめ、犬に向かって歩き出す。すると野良犬も再び歩を進め、大きな道から路地に入り、しばらく歩いて路地を抜けて、また大きな道に出る。

ミューリはこちらを見て、首を傾げてから犬を追いかける。

犬は大きな商会脇の路地に入ると、その奥に向かって吠えてみせた。

「骨とか隠してるだけだったら、尻尾の毛を丸刈りにしちゃうからね」

ミューリはそんなことを言って、木箱の積み上げられた脇を抜け、路地の奥に進む。

その足がぴたりと止まったのは、驚きからだとわかった。

「……こんなところで、なにしてるの？」

そこにいるのは、泣き腫らした顔で座り込んでいる、ローズなのだった。

野良犬はミューリの腰帯に縫いつけられた、騎士団の紋章とローズの匂いが一緒だと気がついて、ミューリをここに連れてきたのだろう。褒めて欲しそうにミューリを見上げ、頭を撫でられると尻尾を振っていた。

とはいえ困惑するミューリと顔を見合わせていたら、背後から人の声がした。

「なんだお前ら。その小僧の知り合いか？」

堅そうな髭をもさもさに生やした、でっぷり肥えた商人風の男で、正直人相は良くない。けれど手には木皿に載せられたパンと、湯気を立てている手拭いがあった。

「ちょいと通してくれ」

「あ、はい」

脇に避け、男を通すと、やはり手にしていた物はローズのためのものだった。パンをローズの足元に置いて、手拭いを顔に乱暴に押し当てていた。

「まったく、男がそんな簡単に泣くんじゃないって言ってるだろ」

乱暴に顔を拭いてから、パンを無理やり握らせていた。

「えっと……その子は、一体？」

男は難儀そうに立ち上がり、ため息をついた。

「羊毛の買いつけに向かったら、その先で出くわしてなあ。今しがた戻ってきたばかりなんだが、めそめそ辛気臭いから商会に置いとけないだろ。売れる物も売れなくなる」

「それって、ブロンデル修道院？」

ミューリの言葉に商人は驚き、すぐに肩をすくめていた。こちらも商人風の格好なので、同じ羊毛買いつけで入れ違いだった、とでも思ったのかもしれない。

「なんだか知らんが警備の兵に文字どおりつまみ出されていた。聞いたらラウズボーンに帰りたいと言うから、荷台に乗せて連れてきたんだが……道中泣きっぱなしで、まったく要領を得ん。あんたら知り合いなら、連れて帰ってくれないか」

実に面倒くさそうに言う割に、数日かけてここまで連れてきて、食事と顔を拭く熱い手拭いまで用意してくれていた。人は見かけによらないのだ。

男がやれやれと店のほうに男が戻ろうとした時、ローズが急に立ち上がった。

「あ、りがとうございました！」

男は肩越しに振り向き、鼻を鳴らしてそのまま行ってしまう。ローズはせっかく拭いた顔にまた涙をこぼし、パンを握り潰しているほうの手で顔を拭った。

「えーっと……どうしたの？」

ミューリが尋ねると、ローズはようやくそこにミューリがいると気がついたらしくて、驚きに目を見開いている。

そして、またぼろぼろと泣き出してしまう。

「騎士団が……」

「え？」

「騎士団が、なくなってしまうと……」

大泣きするローズをなだめるのに、しばし時間がかかることとなった。


修道院で丁重にもてなされたのは、初日だけだった、と口火を切った。あの裏切り者たちめ、と唸りながら、ローズは握り潰してしまったパンを食べていた。

「その後は物腰こそ丁寧ですが、入れ代わり立ち代わり、尋問のようなことをされたのです。騎士団のことを事細かに尋ねられ……島での食事内容さえ聞かれました」

貧窮状況を確かめたのだろうが、ローズが彼らに怒る理由は、ほかにありそうだ。

「裏切り者って？」

ミューリが尋ねると、ローズは目元を袖で拭ってから言った。

「僕は……助けてくれるのだと思い、団の窮状を訴えました。なのに、あいつらは散々話を聞いた後、こう言ったのです」

──それで、騎士団と薄明の枢機卿は仲間なのか？

「そんな馬鹿なことが！」

ローズは吐き出すように言って、ミューリの隣で寝そべっていた野良犬が驚いて起き上がる。

ただ、驚いたのはこちらも同じだ。

「薄明の枢機卿……と言ったのですか？」

「はい。私は訳が分かりませんでした。何度言っても聞く耳を持ってもらえず、それどころか……あいつらは密書を隠していないかと言って、服まではぎ取りました。一体なんだというのでしょうか！」

ミューリがこっそりこちらに視線を向けてくる。

ハイランドに手紙を書いてもらったのは失敗だった、とは言わないまでも、ローズからは間を置いて修道院に行くべきだったかもしれない。ハスキンズが警戒したように、ハイランドの手紙を持った人物の来訪を、当然修道院の修道士たちも警戒する。自分たちのことを薄明の枢機卿その人だとは思わずとも、それに連なる人物が修道院の腐敗を調査しにきたのでは、と思うことは自然な発想だ。

ローズが初日には丁重にもてなされた、というのも辻褄が合う。聖クルザ騎士団の使いが来たので厚遇していたら、間を置かずにハイランドの手紙を持った者が現れる。偶然、というには意味深すぎる。なにかしらの関係を疑うのが普通だし、きっとローズは自分たちに助けられた話もあけすけにしたはずだから尚更だ。

「あいつらは散々無礼な尋問をした後に、救援の手紙を突き返してきました。私たちが王国の手先ではないと証明できるなら、再度話を聞こうと。私は、私は……恥ずかしながら、怒りに駆られ、飛び掛かりました。すぐに兵士がなだれ込んできて、取り押さえられました。そして、あの裏切り者の修道士たちは、蔑むように言ったのです。私たちは……ウィンフィール分隊は遠からず解体される、もはや用済みの集団だと」

それから犬か猫のように修道院の外に放り出されたところ、さっきの商人がやって来たのだという。もしかしたら羊毛受け渡しの際、ハスキンズがなにか一言口添えしてくれたのかもしれないが、とにかくも商人に拾われ、ローズはここに戻ってこられた。

だが、道中頭から離れなかったのは、修道士から言われた、団がなくなるという言葉だったのだ。

「悔しいですが……そんな話は、皆がわかっていたのです……」

クルザ島から王国まで、ずいぶん長い道のりになる。道中いくつもの港に寄り、たくさんの商人や町の人間と会話をしてきただろう。行く先々で歓迎はされたろうが、漏れ伝わる話も多かったはず。

なにより、鍛錬しても倒す敵がもういないことは、彼ら自身がよく知っていたはずだ。

「運営が厳しかったのは、私たちの分隊だけじゃないんです」

ローズはぽつりと言った。

「クルザ島全体が、苦しかったのです。どこの分隊も、故国からの寄付は減らされていました。教皇様からの手当てさえ、減っていました。戦が見込めないのですから、当然です」

ローズは涙も枯れ果てた、とばかりに地面を見つめていた。

「頭数が減れば、少なくとも教皇様からの御手当の分け前は増える。きっと、そんなぐらいの考えだったのだと思います。私たちを陰に陽に責め立てる者たちとの不和が絶えず、とても信仰の島とは言えませんでした。私たちはこのままここで腐るよりかはと、島を後にしたのです」

王国からの寄付が途絶えていたので、やり返すだけの気丈さを保てなかった、ということもあるかもしれない。

「道中は様々な人に良くしてもらい、島を出てからのほうがよほど騎士らしく振る舞えました」

ローズはその時のことを思い出すのか、ようやく少し笑った。

「ですが、寄港先の歓待を後にして海に出ると、毎回強い不安に襲われました。広い海の上を揺蕩っていると、まるで自分たちの心の中に浮かんでいるようでした。私たちはどうなるのかと、皆が自問していました。王は歓迎してくれるとも思えません。実家に帰っても、両親の顔さえ覚えていない者がほとんどです」

ローズは生まれた土地の季節感すらわかっていなかった。

「私たちは船の上で、腹が立つくらい青い、どこまでも広がる空の下で、思いました。頼れるのは、ここにいる者たちだけなのだと」

──私たちの家族は、彼らなのだと。

薄着の軽装で、雪解けのぬかるみが残る道を行き、瀕死になりながらも必死に前に進もうとしていたのは、仲間のためだ。そんなローズを送り出したウィントシャーは、帰りが遅いことを心配し、明後日の大騒ぎに参加できないかもしれないことを気にかけていた。

彼らは信仰で繋がる以上に、もっと強い絆で繋がっていた。

騎士修道会のみならず、教会では同胞をこう呼ぶ習わしがある。

兄弟、姉妹よ。

そんなことを語るローズを前に、ミューリが目を見開いて固まっていた。息すらも忘れているようだった。賢い娘だから、気がついたのだ。それはミューリと二人だけが使える紋章の話。

どんな続柄ならばしっくりくるだろうかという話だ。

妹や恋人ではなく、教え子や弟子でもない。しかし互いに命を懸け合うに足る絆の強さであって、しかも、兄様だ。

さてそんな不思議な関係を言い表す言葉があるのだろうかという難問だが、あったのだ。しかもずっと目の前に転がっていた。自分の側に立ち、いつも周囲を警戒し、時には心を許し、時には力強く手を引いて、道を切り開いてくれる心強い存在。

騎士。

銀色の甲冑のごとき毛皮に身を包んだ、気高くも美しい狼の娘に、それ以上相応しい呼称があるだろうか。

だが、ようやく息を吸って、こちらに向かって抱き着こうとしたミューリを止めたのは、ローズの前だからではない。ミューリとの関係を騎士という単語に託すのならば、目の前にいる少年を見捨てることなどできないからだ。

ローズのような見習い騎士でさえ分隊の存続を危ぶみ、半ば諦めているような苦境の中、ウィントシャーは部下を率い、ラウズボーンまでやって来た。そして街の状況をつぶさに調べ、知恵を働かせ、自分たちの存続に繋がるかすかな可能性を見出した。

敵である薄明の枢機卿を梃子にして、分隊の存在を再び表舞台に引っ張り上げようという作戦だった。恨みつらみと合わせ、第二王子の陣営と手を組むという安易な発想もあったはず。むしろそちらのほうがよほどすかっとしただろう。

だがウィントシャーが選んだのは、騎士たちが騎士でいられるための方策だった。道化になり、騎士道にもとるような、敵へのおもねりをするのは自分だけだと割り切って。

自分はウィントシャーの案を、まだしもましだから、という理由で選択した。ウィントシャー自身もそうだろう。エーブが感心するくらい冷徹に、そう判断したのだ。

だが、それは最良ではない。皆が笑って終えられる選択肢ではない。ここで賢しらにローズを慰め、何食わぬ顔で明後日に再会し、真剣な顔をして問答を繰り広げることもできる。

でもそんな欺瞞に手を貸した後で、ミューリに私の騎士になって欲しいと言うのだろうか。世界で一人ぼっちだと泣いていた少女のために用意する、特別な意味を持った紋章に、そんな欺瞞を持ち込んで良いのだろうか。

ハイランドならば違うと言うだろうし、自分もまたそう思う。

理想を信じてニョッヒラから外に出た。ローズを助けられなければ、自分たちの旅はここで終わるとさえ感じた。ミューリと共に旅をしない選択肢はなく、二人の紋章だけがその道を照らすのであれば、信じなければならない。道はあるはずだと。

なにより、自分には騎士たちが無用の道具などとはとても思えなかった。異教徒こそ姿を消してしまったかもしれないが、信仰を汚すような者たちまでがいなくなったわけではないし、信仰が揺らぐような場面で、彼らの存在によって信仰を取り戻すことだってあり得るだろう。

大聖堂でウィントシャーと抱擁していた聖職者たちを思い出せばいい。騎士たちは彼らの弱った心を支える立派な柱となっていた。

この少年を打ちのめしたブロンデル修道院のように、自己の利益しか考えず、信仰のことなど後回しにしている聖職者たちのなんと多いことか。彼らは正しい信仰を忘れ、黄金を崇拝する、まさに異教徒ではないか。

それこそ、信仰の守護者たる騎士たちが、戦うべきほどの――。

「戦う、べき、ほどの？」

そんな言葉を口の中で呟いて、目を見開いた。

「あっ！」

その瞬間、頭の中で大聖堂の鐘が鳴り、がちりと鍵穴に鍵が嵌まる感覚があった。ハイランドやウィントシャーと話していた時にちらついていたことが、突如形を伴った。

敵はいる。

騎士たちにしか戦えない敵が、ごまんといるではないか！

「兄、様？」

心配そうに顔を覗き込むミューリを見てから、ローズを見た。

騎士見習いの少年も、ミューリに負けず劣らず戸惑っていた。

「カール・ローズと言いましたよね」

その名を呼ぶと、ローズが怯みがちにうなずいた。

「私の名は、トート・コル」

「え？　に、兄様⁉」

驚くミューリをよそに、言った。

「またの名を、薄明の枢機卿と言います」

なんの冗談かと、ローズが笑った。それからこちらの目に気がつき、笑みを消した。

薄明の枢機卿の人相風体の噂くらいは、どこかで聞いていたのだろう。

ミューリと見比べた瞬間、ローズの短く刈られた金髪が逆立ったように見えた。

泥道に頭から突っ込んだという話に、ウィントシャーはあいつらしいと笑っていた。

ローズは騎士に相応しい。誰よりも強い騎士なのだ。

「お前のせいで――」

怒りに燃え、顔に血の気が戻ったところに、言った。

「あなたに騎士団を救って欲しいのです」

信仰に裏打ちされた強情さなら、思い込みの激しい少年にだって負けはしない。

ミューリが割って入ろうとしたくらい身を乗り出していたローズを、正面から見つめて動きを止める。仮に殴られたって、目を逸らさない自信があった。

「あなたに救って欲しいのです。私の立場では難しい。ですが、あなたならできる」

「な、なにを、だって、お前は」

泣きそうなのは、助けてくれた相手がもっとも恨んでいた敵だったから。

あるいは、騎士たちを救うなんていう言葉に、理性よりも先に感情が反応してしまったから。

「そう、私は薄明の枢機卿です。教会改革の旗手などと呼ばれている者です。しかしあなたも騎士の端くれならば、聞いたことがあるのでは？」

「な、なにを、だ……？」

怒ればいいのか泣けばいいのかわからないような、混乱した顔でも気丈に問い返す。

強い少年ローズに、こう言った。

「ウィンフィール王国ができる前、騎士たちがこの島の蛮族と戦い、信仰を取り戻した話です」

「……」

困惑の勝った顔に、言った。

「この国から悪しき信仰を追い払うのに、私よりも相応しいのはあなたたちです。そのあなたたちに、失われた騎士団の役目を果たしてもらいたいのです」

「……そんなこと」

「できます」

断言し、立ち上がる。

裏びれた路地でうずくまり、泣いていた少年が眼下に見える。

その少年に、手を差し出した。

「立ってください、聖なる騎士よ。あなたたちが悪を滅ぼし、王国と信仰を救うのです！」

ローズは戸惑ったままこちらの手を見つめている。

そして、ミューリがローズの手を掴み、言った。

「騎士はね、泣かないんだよ」

ローズは肩をそびやかし、力任せに目を袖で擦る。

意地っ張りで、愚直で、何度だって立ち上がる諦めの悪さ。

騎士の要素を全て兼ね備えた少年は、こちらの手を挑むように掴み、立ち上がった。

「我が騎士団は、敵になどおもねらない」

ウィントシャーの顔が目に浮かぶ。

「だが、騎士は敵にも寛大な心を持たなければならない」

騎士道信条がここまで似合う少年などそうそういない。

ウィントシャーが赤面するほどのローズに、ミューリは嬉しそうに笑っている。

「話を聞かせてもらおう、薄明の枢機卿」

教会の紋章の前で、交差した剣。

それはまさに、この少年を表していると思った。

騎士たちが活躍する道はある。倒すべき敵はもう何年間も、そこにいたのだから。

これまで誰もその敵に手出しできなかったのにはもちろん理由があって、その理由を踏み越えるには、誰もがたじろぐほどの正論が必要だった。そして正論を盾にすることにおいて、聖クルザ騎士団ほど相応しい役者はいない。

自分がその案をローズに伝えれば、ローズはヒキガエルが聖典の章句を暗唱したのを見たかのような顔をしていた。

それと同時に、なぜその案を自分で思いつけなかったのかと悔しがっていた。

常識やしがらみは、いつだって人の目を曇らせる。正論ではそう言えるかもしれないが、と人が嫌そうに口にする時、まさにその正論を振りかざすのには勇気もいる。

だが、ローズはその案について、まさに今の我々にこそ相応しい、と言った。

立場が曖昧で、誰からも味方と見られず、錨のない船のように揺蕩っているからこそ、できることがある。やらねばならないことがある、と言った。

「その案を、私が分隊長にお伝えすればいいのか？」

はやるローズだが、ここはいくらかでも歳を重ねている自分が落ち着くべきところだ。

大きなことをなすには根回しが必要だし、計画の妥当性もいったん確かめるべき。

そこで、正論の名の下に人々を黙らせるような意地の悪いことについて、特に一家言あるだろう人物に話を聞くべく、自分たちはハイランドの屋敷へと向かった。

「……お前の兄は、時々、すごくお前の父親に似ている」

「ええ？　兄様と父様はあんまり似てない気がするけど」

「ぼんやりしているように見えるのに、実は誰よりも広く物事を見ていやがる。しかも、こうと決めたら絶対に曲がろうとしない。羊そっくりだ」

エーブとミューリがハイランドの屋敷の一室で、角突き合わせてそんなことを話している。

部屋にはローズもいて、じれたように二人に向けて言った。

「それで、どうなのだ。私はその案になにか問題があるようには思えないのだが」

正義をなしたくて仕方がない、とばかりのローズに、エーブはややからかうようにふんと鼻を鳴らした。

「お前ら騎士は牛だな。前しか見ていない」

ローズが鼻白んで言い返そうとしたところに、割って入る。

「私は、エーブさんから聞いた葡萄の話に着想を得ました。エーブさんでしたら、この手の話が得意かと」

自分の思いついた計画は、嫌みなほどの正論を武器にしたものだ。あまりにまっとうすぎるせいで、逆に性格が悪いとも言える。そういうことにかけて、エーブの右に出る者はいない。

するとエーブは、ため息交じりに言った。

「あの話は、大きな力を持つ連中が、小さい連中を駒にして相手を取引の場に引きずり出す話だ。お前の持ってきた話は、小さな連中が、大きな力を持つ連中の鼻面を引きずって連れ回す話だ。意地の悪さでお前に負けるとは思わなかったよ」

エーブはわざとらしく肩をすくめる。

「儲けもふいになっちゃうしね」

ミューリの言葉に、エーブはこちらを半目に睨む。

「まったくだ。ヤギネの奴への根回しが無駄になってしまう。久しぶりに濡れ手で粟だと思ったというのに」

「もう十分すぎるほど儲けたでしょう」

「はっ」

エーブは笑い飛ばし、ローズを見やった。

「お前、騎士見習いだったな」

「い、かにも」

やや気圧されたようだが、ローズは背筋を伸ばしたまま受け答える。

そんなローズに、エーブはにやりと歯を見せる。

「お前たちを虚仮にした連中の尻を、思いきり蹴飛ばしてやれ」

その言葉の意味を、その場にいる全員が理解した。

計画は、エーブから見ても機能する、ということだ。

「尻は蹴飛ばさない。だが、帳尻は合わさせてもらう」

　エーブは片眉を上げ、ミューリは笑い、自分は頼もしく思う。

「まったく、光あるところに闇もまたあり、とはよく言ったものだ。ハイランドはさぞ複雑な気分になるだろうさ」

「王様には私たちのこと、秘密にするんだよね？」

　この計画は、ウィンフィール国王と教皇、どちらにとっても苦虫を噛み潰すようなものになる。正義の名をほしいままにするのは、唯一ウィントシャーたちだけ。

　そのために、思いついたのはあくまでローズということにする必要がある。自分がこの案を思いついたと王に知られたら、薄明の枢機卿は王国の味方ではないのかと恨まれるだろう。

「良薬は口に苦いってのが相場だからな。たとえそれで病が治ったとしても、恨みは残る。お前らは裏方に徹するのが無難だな」

　エーブの言葉に、ローズが怪訝そうな顔をしていた。

「私にはそこがわからない。この計画は、王国の病巣を払い、教皇様にとっても名誉な結果になるはずだ。なぜ悪いことのように話す？　正義しかないのではないか？」

　ローズが真正面からそう尋ねるが、まだ経験の足りない素直な子供、というわけではない。

　ローズはこう思っているのだ。

　正しいことをするのだから正しいはず。それをどうこう思う王や教皇のほうが間違っているのだと。

「お前たちみたいな、正義ってやつに向かって進むだけの牛は、私にとって天敵だ」

エーブはそう言って、立ち上がる。

「さっさと行ってくれ。私は金勘定に忙しいのでね」

部屋から出ていくエーブに従う傘持ちの娘は、にこりと微笑んで部屋から出ていった。

ローズは返事をはぐらかされたことに不服そうだったが、ミューリになだめられると、渋々といった感じで矛を収めていた。

それに、ローズにとってはこの計画が妥当そうかどうかなどは、そもそも埒外なのだ。

やらない以外の選択肢が最初からなく、エーブから反対意見が出なかったことのほうが重要なのだ。

「これで憂いは晴れたのか？」

一刻も早く計画をウィントシャーに伝えたくて仕方がない、といった様子のローズに答える。

「はい。あとは少しの根回しと、あなたの協力が必要です」

「分隊のためならばなんだって協力する。言ってくれ」

自分のことを羊と評するエーブは、ローズたちを牛と言った。

まさにそんな感じだとおかしく思える一方、頼もしくもある。

「では、大聖堂に向かった後は、こうしてください――」

ローズは何度も確認してから、承知した、と言った。

そして、ハイランドの屋敷を出たところで、不意に居住まいを正してこちらを見た。

「お前……いや、あなたは教皇様の敵かもしれないが、信仰の敵ではないのかもしれない」

なんと答えるべきかわからない。

しかし、言葉は必要ないとも思った。

微笑み返すと、ローズは目礼して踵を返す。

外套を翻し、作戦のため一足先に大聖堂に駆けていくローズを見送り、ミューリが小さく笑っていた。

「暑苦しいくらい、騎士様だね」

ローズには褒め言葉だろう。

「惚れましたか？」

こちらから言ってやると、ミューリはこちらの腰を叩きつつ、「ちょっと考えるかも」などと言っていた。

それから自分たちも大聖堂に向かい、通用門のほうに回った。ハイランドに緊急の用だと言って、中に通してもらう。冷たい石壁に囲まれた廊下を歩く段になって、何度か深呼吸をする。

「あの金髪は怒らないと思うよ」

ミューリがこちらの緊張に気がつき、そんなことを言う。

自分の計画は、ウィントシャーの提案を実現させるためにあれこれ動いていたハイランドの働きを、すべて無に帰すものだ。それどころか、ハイランドは後々、王から叱責を受ける可能性が十分にあった。

うまく騎士たちを制御していれば、もっと王国に有利な形で話を進められたのでは、と間違いなく王は考える。ハイランドはみすみすその好機を逃してしまった、というわけだ。

ハイランドはもちろん、すぐにそんな未来に気づくだろう。

「まあ、怒ったら怒ったで、一緒に謝ってあげる」

まるで悪戯の話をしているようなミューリに、ついに笑ってしまう。

なにせ神は熊ではないのかと言い出すくらいのミューリなのだから、このくらいのことはすべて悪戯の範疇なのだ。

「大丈夫です。ハイランド様はそんなことで怒るような方ではありません」

ハイランドの肩を持つと、ミューリがたちまち不機嫌そうになる。

そこに、こう続けた。

「なにせ、ウィントシャー様たちが実に騎士らしい働きを見せてくれるはずなのです。誰だって怒りを忘れてしまう、素晴らしいことでしょう？」

ミューリは階段で足を踏み外したような顔をして、悔しそうに笑う。

「そうだね。そのとおりだよ」

ミューリはそう言って、ウィントシャーたちが立派に活躍するところを想像したのかもしれない。ほっとしたような、安堵に負けるようなため息の後、鼻をぐずらせていた。

そんな様子に小さく笑うと、脇腹をつねられた。

そうこうしながらハイランドのいる部屋に向かい、何事かと面食らっているところにあらましを告げる。まさに王からの返信を手にしていたハイランドは、手紙を取り落としていた。

「……馬鹿な」

出てきた呟きはそんなもので、ハイランドは自身の頭を叩くように、額に手を当てた。

「馬鹿な……ああ、なぜ、なぜその可能性に……」

頭を抱えるハイランドに、ミューリはなぜか誇らしげだ。

「……こんな皮肉な話があるとは、私は、一体なにを見ていたんだ？」

テーブルに両手をついたハイランドは、それから数舜口をつぐむ。

立場のある身として、様々なことを考えたのだろう。

「王の家臣として、私はこの計画を本当ならば王国に有利に進める義務がある」

そして、顔を上げたハイランドの第一声が、それだった。

その道が確かにある。恐ろしく有利に、教皇の鼻を明かす絶妙な一撃として、顔を青ざめさせることもできる。

だが、それではウィントシャーたちの立場が曖昧なままになってしまう。

この計画は、ウィントシャーたちが聖クルザ騎士団の分隊の中で再び確固たる地位を得るための、唯一にして、おそらくは最後のものなのだ。

「しかし、私は王の家臣である前に、神の僕である」

ハイランドは言って、椅子を蹴倒すように立ち上がるや、大股に歩み寄ってくる。

それから、こちらの手を強く両手で握ってきた。

「王からの苦情は私が甘んじて受けよう。私はウィントシャーのような素晴らしい人物が、裏切り者のそしりを受けるのを見たくない」

「では、よろしいですか」

「もちろんだとも！」

ハイランドは、言った。

「聖クルザ騎士団が王国に乗り込んできた。そして、腐った教会の門を叩き、彼らを悔い改めさせるとは、素晴らしい話ではないか！」

自分の思いついた計画とは、それだった。

王国と教会は対立しているが、王国内にも当然教会組織がたくさんある。

その中にはブロンデル修道院のように、王国そのものよりも歴史が古く、また莫大な富を蓄えている者たちがいる。本来ならばその不正を暴き、白日の下に晒すべきなのだが、そうすれば教皇側は組織を守るために立ち上がらざるを得なくなる。

そのために王国が手をこまねいている中、第二王子は徴税権の払い下げという手段を使い、遠回しに教会の財産を狙ってきた。そしてそれもまた当然王国と教会の間に確執を生み、あわや戦ということになった。

そこで、聖クルザ騎士団なのだ。

本来ならば聖クルザ騎士団は教皇の懐刀であり、その部隊が王国に乗り込むというのは、すわ戦かということになる。だがやって来たのはウィンフィール出身の騎士たちであり、彼らは騎士団内部で居場所を失くしてやって来たようだった。とはいえ騎士たちは王国の軍門にあるわけではなく、敵なのか味方なのか、依然としてわからない。

自分は、まさにそこを利用できると考えた。

王にとっても教皇にとっても敵か味方か判別のつかない存在が、王国内にある教会という、これもまた微妙な立場の腐敗を暴く、というその構図。

敵か味方か判然としない騎士たちは、一体誰のためにそんなことをしているのだ？　と権力者が問う。どちらに対しても答えに詰まりそうなのに、どちらも黙らせる答えがひとつだけある。

信仰のために！

ウィンフィール国王も教皇も、そこにだけは文句をつけられない。

「教皇としては痛しかゆしだろう。教会の不正を騎士たちが正していけば、人々は間違いなくそれを褒めたたえるし、騎士たちを遣わした教皇様はやはり正しいのだということになる。だが、教皇は騎士たちを冷遇していた負い目があるし、これで王国の教会が門戸を開けてしまえば、信仰の兵糧攻めである聖務停止はなし崩しになってしまう」

ハイランドは楽しそうに言って、同時にため息もつく。

「王もまた、寝すぎた後の頭痛のように感じるだろう。足元の教会の不正を暴き、その門戸を開いてくれるのは大いに結構だが、騎士団の人気につられて教皇の人気も上がるのは面白くない。しかも王国にある教会の不正は、本来は自分たちの手で正すべきはずのものだったとくれば、いい面の皮ということになる」

どちらの陣営にとっても、良いことと悪いことがある。

しかも、ウィントシャーたちはそもそも敵か味方か判然としなかった。

だから国王と教皇のどちらにしても、ウィントシャーたちの勝手な行動を諫めるべきか、支援すべきかわからず、静観するほかないのだ。ウィントシャーたちが味方であれば支援すべきだが、敵であれば支援すると取り返しのつかないことになりかねない。

ウィントシャーたちは自分たちの曖昧な立場に苦しめられた。

ならばその曖昧さを利用して、主人たちを振り回すことだって許されるだろう。

「かくして騎士たちは神の代理人として、王国の教会から不正を追い出してくれる。王国の人々は再び教会に赴き、神の慈悲に与ることができる。王にとっては、教会に強気に出る理由がひとつできることになる」

ハイランドは、騎士たちのもたらす効果を指折り数えていく。

「一方の騎士は、正しい信仰の担い手として名声を高めることになる。教皇は業績を評価せざるを得まい。なにせ敵陣に単身乗り込み、教会の名を高め、民衆の称賛をほしいままにしてきたのだからね！」

ハイランドはそう言って、話の結末を摑むように握りこぶしを作る。大きな深呼吸を挟むのは、とてつもない皮肉を含むこの計画の、心地良い苦みを味わっているのだろう。

「まったく」

と、ハイランドは大きな息を吐きつつ言った。

「神でも思いつくまい、こんな意地悪な計画は」

呆れたような笑みは、称賛でもある。

ただ、この計画がうまくいくとしたら、それは騎士たちの生き様があるからなのだ。

「ウィントシャー様たちならば、真に信仰に従って、正しいことをなすとみんなが信じられる。その信頼がなければ成立しない計画です」

悪気はない。だから責められない。

正しいことは正しいのだと正面から言えるのは、高潔な騎士だけなのだから。

「ただ、不安な点があるとすれば……」

ハイランドは上気させていた表情をやや曇らせ、言った。

「この話を託したその騎士見習いの少年は、信用できるだろうか」

この計画は名と実を絶妙な塩梅で釣り合わせるものだ。

悪意を含ませれば、容易に好きな方向に動かすこともできる。

ローズが薄明の枢機卿を陥れ、あくまで王国を叩き潰すために頭を働かせれば、王国に害を与える形で、まさに教皇のためだけにこの計画を実行することもできる。

「大丈夫だよ」

それに答えたのはミューリだ。

「その根拠は？」

ハイランドの問いに、ミューリは肩をすくめた。

「だって、あの男の子、私に惚れてるもの」

世界でも数少ない、嫌な説得力を持った言葉だった。

「私はローズ少年も信じていますが、ウィントシャー様のことも信じています」

ローズからこの計画を聞いたウィントシャーは、薄明の枢機卿の入れ知恵を勘繰るだろうか。

ローズと自分たちが道を交えたことは知っているし、ローズがいきなりこんな計画を思いつくのはどう考えても不自然だ。

しかし、自分は心配しない。

「ウィントシャー様は、騎士の中の騎士です」

正しいことを、ただ正しい形で行うのみ。

「ああ、そうだ。そうだな。そこを疑ってはならない」

ハイランドと視線を交わし、うなずき合う。

この世には信用できるものが存在する。

そのことを確かめるように。

「はーい、じゃあ、決まりね、決まり」

そこにミューリが割り込み、こちらの胸を押して、ハイランドと距離を開けさせた。

「計画は実行するってあの男の子に知らせてくるけど、いい？」

ローズは大聖堂の片隅で、こちらの合図を待っている。

その合図を受けたら、仲間の下に走ることになっている。

「あの男の子ではなく、名前はローズです」

「あの男の子でちょうどいいよ。泣き虫だもん」

ミューリは冷たく肩をすくめている。

ハイランドと苦笑し合うと、ミューリはこちらの手を引いて部屋から出ようとして、ふとハイランドを振り向いた。

「あ、そうだ」

「ん？」

きょとんとするハイランドに、ミューリは言った。

「兄様と話してね、紋章を使うための続柄ってやつ、決まったから」

「おお！」

顔を輝かせたハイランドに、ミューリは勝ち誇ったように言った。

「私は兄様の騎士って書いておいて」

「……」

その時のハイランドの顔は、魔女のくしゃみでさえ不可能なほど、絶妙な一瞬を捉えたまま固まっていた。そんなハイランドをよそにミューリは扉を開け、こちらの背中を押して廊下に出してから、顔だけ部屋の中に入れて言う。

「それと、私たちの紋章、あなたも使っていいよ。特別にね！」

そして、扉を閉じる。ハイランドがどんな顔をしていたのかは想像するしかないが、ミューリの頭を叩いておくことは忘れない。

「紋章が私たちだけのものになるのは、ハイランド様が特権を下賜してくれるからなんですよ？　わかってるんですか？」

「痛ったーい……なあ、もう！　わかってるよ！」

「本当にわかってるんですか？　まったく……」

そんなやり取りをしながら、身廊が見渡せる隠し廊下に戻る。

ミューリは早速格子状の窓に張りつき、人でごった返す身廊を見下ろした。

「いますか？」

「うーん、あ、いた」

ミューリはいったん格子窓から顔を離し、おもむろに上着をめくると、腰帯を手に取った。

「んっ……あ、あれ、取れないっ……！」

合図に使うのはローズからもらった紋章なのだが、ずいぶんしっかり腰帯に縫いつけてしまったらしい。ミューリは諦めて、腰帯ごと外していた。

「兄様、下押さえててね」

「え？ ち、ちょっと」

慌てるこちらをよそに、ミューリは解いた腰帯を手に巻いて、格子窓から突き出した。

ローズはそれにすぐ気がつくだろう。

行き倒れていたところを助けてくれた少女に送った、再会の誓いなのだから。

「……壁の後ろで、私がこんな間抜けなことをしているとは思わないでしょうね……」

ずり落ちるズボンを押さえるこちらのことなど気にもせず、ミューリは手をぶんぶんと振り回している。

さあ走れ、と牛を追い立てるかのように。

「あ、気づいたみたい」

ミューリはそんなことを言って、ようやく手を引っ込めた。

「ふふん。張りきっちゃって」

お姉さんぶった物言いは、胸の前で両腕を組みながらだ。

そんなことをしていないで、自分のズボンを押さえて欲しいと思う。

「大丈夫そうですか?」

こちらからは見えないので、そう尋ねた。

ミューリは格子窓から差し込む明かりに目を細め、答える。

「大丈夫だよ。強い男の子だもん」

苦笑するしかないし、ローズは明日の我が身かもしれない。

「兄様、知ってる?」

ミューリがこちらを振り向き、満面の笑顔を見せた。

「騎士ってね、かっこいいんだよ」

「わかってますよ」

ミューリのズボンを片手で押さえたまま、もう片方の手でミューリから腰帯を受け取った。

そしてミューリの細い腰に腕を回し、腰帯を巻き直していく。

最後に腰の脇で余った布を結んでやってから、されるがままのミューリの目を見た。

「あなたは私の騎士だそうですが」

嫌味を向けても、ミューリはくすぐったそうに笑って、こちらの首に両腕を回してくる。

「はーい。忠誠を誓います」

何年も前、泣きじゃくるミューリを抱きしめたのとは逆の構図。

大人になったようにも、ずる賢くなっただけとも思えるが、なんにせよ成長した。

そんなミューリにため息をつき、おざなりに抱きしめ返す。

ミューリはやや不満そうだったが、こう伝えるのを忘れない。

「騎士は早寝早起き、節制、勤勉が信条ですからね」

「えっ」

自由奔放なミューリに旗だけ渡したら、大笑いしながら走り回ってどこかに行ってしまうかもしれない。きちんと手綱を握らなければ。

ミューリはこちらの胸を押し、体を離す。

「兄様の意地悪っ」

牙を見せて唸るミューリに、言い返した。

「ならニョッヒラに帰りますか？」

ミューリは赤い瞳を倍の大きさに見開いてから、すぐに半分に細めた。

「いーっ」

歯を剝いてからぷいとそっぽを向くミューリに、紋章はやはり、そっぽを向いた狼しかないなと笑いながら思う。

そうこうしていたら、身廊からこれまでとは違うざわめきが聞こえてきた。

ミューリと顔を並べて格子窓を覗き込めば、ウィントシャーたち騎士が集まり、時に拳を振り上げる者もいた。ウィントシャーの隣にはローズがいて、そのまだ細い肩にはウィントシャーの腕が載せられていた。騎士の大事な一員として、円陣の中心にいた。

ウィントシャーがなにかを説明するごとに、傍目にも騎士たちの士気が上がり、なにかを決意するような意志が現れていくのが見て取れた。誰も彼もが口を引き結び、真剣な顔をしているのに、なぜか泣き出しそうな顔にも見えたのは、気のせいかどうか。

「騎士の絆だってさ」

ミューリがそう言って、こちらの服の袖を摑む。

直後に身廊がどよめいたのは、騎士たちがついに腰に提げていた剣を抜いたから。

そして、その剣先を頭上で打ち合わせ、鬨の声を上げた。

結束を新たにした騎士たちを前に、ミューリの手に力がこもる。

少しむくれたような顔なのは、騎士たちの様子が羨ましいのだろう。

「私たちも負けていないのでは？」

そう言ってやると、ミューリはこちらを見て、にっと笑う。

「もっちろん！」

かすかに乳香の甘い香りが鼻をくすぐったように感じた直後、大聖堂の鐘が鳴り響く。

進むべき道の地図を得た騎士たちが、ウィントシャーの指示で動き出すその一瞬、ローズがこちらを見上げたような気がした。

その信仰に相応しい、神の祝福が得られますように。

胸中で祈る頃には、ローズはウィントシャーと共に他の騎士たちと熱心に言葉を交わしていた。聖クルザ騎士団と薄明の枢機卿は、このくらいの関係性がちょうど良い。

自分はミューリの手を握る。

ミューリがしっかり握り返してきたのを確かめて、その場を後にしたのだった。

終

幕

ローズから計画のあらましを聞いたウィントシャーは、的確に行動した。

ハイランドに申し出があり、提案の撤回と、これからなにをするかの説明があったらしい。

そこには自分たちの影があるとわかっているようにも、わかっていないようにも感じた、とハイランドは言っていた。

とにもかくにも、ウィントシャーたちは全身に戦用の甲冑を着込み、春の日差しで輝かせながら、大聖堂の前でこれからのことを宣言した。門戸を閉じ、自らの悪を正せない教会を叩き直していくと。

人々は教会に対して不満がありながら、人生に必要なものだとわかっている。だから王国の現状を変えてくれるであろう騎士団の発表を、大喝采で迎え入れた。

これでウィントシャーたちの存在感は猛烈に増し、教皇も態度を改めざるを得なくなる、めでたし、めでたし……なのだが、自分は暗い気持ちで、右膝を貧乏ゆすりさせていた。

「こんなこと、必要ないと思うのですが……」

「まだそんなこと言ってるの？　ほら、顔を上げて！」

ミューリに言われ、首を上げると首周りに色付きの帯をかけられる。聖職者の位階を示すものだが、自分の場合は聖職禄を持っているわけではないので、白いまま。けれど、それはある意味で教会制度への批判にもなる。

それはそれでいいのだが、自分の置かれている状況にはいまいち納得がいかない。

聖典の翻訳をしていたところ、部屋に飛び込んできたミューリに無理やり引きずり出され、有無を言わさず馬車に押し込められた。そこにはすでにハイランドもいて、降りるとも言えずに馬車は動き出す。

いったいなんなのかと問いかけようとしたところ、ミューリから服を投げ渡された。ニョッヒラから着てきた聖職者風のいつもの服で、ここ最近は身に着けていなかったものだ。

「事前に相談したら断られそうだったからね、こんな方法で済まない」

対面に座るハイランドが申し訳なさそうに言って、なんのためにこんなことをしているのか教えてくれた。その計画を言い出したのがどちらかはわからないが、責める気はない。効果のほどはわかるのだから。

ただ、その様を想像するとどうしても気が重くなり、さっきから教会の紋章を両手で落ち着きなくもてあそぶ羽目になっているのだった。

「公開問答よりも気楽ではないか？　その、私が言うべきことではないかもしれないが、君は立っているだけでいいのだから」

こちらのあまりの落ち込みように、ハイランドが珍しく言い訳がましく言う。

首周りに帯を取りつけ終わったミューリは、今度は櫛を手にこちらの髪を梳きにかかる。近づくと、ミューリからはいつもとは少し違う、花のような甘い香りがした。そこでようやく気がついたのだが、ミューリの服装はニョッヒラから出てきた時のものでなければ、商人の小僧風でもなかった。

「……まさか、あなたも？」

こちらの髪を梳き、ひょろひょろした癖っ毛を一本見つけたのか、ぷちっと一本抜いたミューリは肩をすくめた。

「当り前じゃない。私は兄様の騎士なんだから！」

そう言い張るミューリは、まるで旅の修道女を思わせるローブ姿だ。

しかし修道女と違うのは、金糸の織り込まれた派手な腰帯を上から巻いていて、短剣の鞘を提げていること。こんな自己主張の強い修道女、見たことがない。

「剣は用意できなかったから、鞘だけだけどね。兄様の騎士になるんだから、剣も準備しないとね。あー、どんな剣にしよっかな、んふふ」

「……」

ミューリとの続柄を騎士としたのは失敗だったかもしれない、と思っていたところ、ハイランドの視線に気がつく。

申し訳なさそうに笑われたら、受け入れるしかない。

「私は立っているだけにとどめますよ。騎士の皆さんの中には、私を快く思わない人たちが依然としているはずですから」

むしろ騎士たちの起死回生の案は、ローズが思いついたことになっている。薄明の枢機卿はなお教会の敵であり、騎士たちの標的のままだろう。

そんな中にハイランドが提案したのは、これから近隣の教会へと向けて出発する騎士たちの見送りに参加するというものなのだった。

「それで構わない。人々の噂になれば十分だ」

「薄明の枢機卿が、不倶戴天の敵であるはずの騎士たちを見送った……そう、信仰ゆえに！」

信仰心など欠片も持ち合わせていないミューリが、そんなことを言いながら最後にこちらの髪を後ろできつく縛って、満足げなため息をつく。

「本当は卵白とかで髪の毛を硬めたかったんだけど」

「どうかな。私はこちらのほうが自然で良いと思う。優しさと凛とした雰囲気がよく出ている」

「確かにそうかも。ほら、兄様、背筋伸ばして！」

ミューリとハイランドからの品定めするような目を受け、背筋を伸ばす。

体のいい玩具にされているような気がしなくもない。

「さて、そろそろだが……すごい人出だな。市壁の外まで来て正解のようだ。街中では到底無理だったな」

馬車はいつの間にか市壁を越えていたが、それに気がつかなかったのは窓の外を行く人の多さのせいだ。誰も彼もが騎士団の見送りのために繰り出していて、手製の騎士団の旗を掲げる者も少なくなかった。

「ああ、神よ我を救いたまえ……」

滅多に口にすることのない祈りを捧げると、ミューリに手を取られる。

そして、安心しろとばかりの、無邪気な笑顔。

苦難に寄り添う騎士のつもりなのかもしれないが、自分には悪戯がうまくいった時の会心の笑みにしか見えない。

「あなたも余計なことをしたら、晩ご飯抜きですからね」

ミューリは余裕の笑みのまま肩をすくめ、ハイランドが扉を開けるのを手伝う。

たちまち街道の騒ぎがなだれ込んできて、心臓がきゅっと縮まった。

「ほら」

先に外に出たハイランドと、その後に続いたミューリが、春の日差しの下で、こちらに手を伸ばす。

まったくなぜニョッヒラから連れてきてしまったのかと一瞬後悔しつつも、その手を握る。

小さい手なのに、力強さは大人顔負けだった。

「来たぞ！」

ハイランドも人々の興奮に駆られてか、大きな声でそう言った。

街のほうを見やれば、騎士たちがまさにこちらに向かってくるところだった。

「聖クルザ騎士団に栄光あれ！　正しき信仰に祝福あれ！」

道の両脇に立つ人々が声高に叫び、手にしていた花びらを道の上に撒く。

先頭を行くのは深紅の旗を掲げた白馬にまたがる騎士が二人で、その後ろにも馬上にまたがる騎士たちが数人。そこにウィントシャーの顔をすぐに見つけられたし、馬の後ろで歩く騎士たちの中にローズの姿もあった。

「ふふ、すっごい得意げな顔してる。泣き虫なのになあ」

「あなたが言えたことではないでしょう」

ミューリの頭を小突いてから、馬車を駆っていた御者が用意してくれた踏み台に足を乗せる。

ミューリも隣の踏み台に乗って、手ずから身だしなみを整えていた。

「どう、兄様、可愛い？」

小首を傾げて尋ねてくる様子は、いつもとは違うおしとやかな部類の服を着ていることもあって、確かに可愛らしい。これで派手な腰帯と剣がなければ、と思うのだが、それではもうミューリではないかと思い直す。

「はいはい、可愛いですよ」

あしらうように言うとやや不満そうではあったが、結局嬉しそうに首をすくめていた。

そうこうしていると人々の歓声がさらに高くなり、騎士たちが近づいてくる。

自分は御者から大きな聖典を受け取り、右わきに抱えると、左手で教会の紋章を握った。

ミューリの指摘を思い出し、いつもより胸を張って背筋を伸ばしてみた。

最初は人々の奇妙なざわめきだった。それがやがてひとつの塊となり、波となり、こちらを指さす者たちが現れる。騎士たちも人々の様子に気がついて、顔を上げる。

ほどなく旗手の馬二頭が差し掛かり、一拍遅れてウィントシャーと目が合った。

その目は驚きに開かれた、かと思った瞬間に、優しげな眼差しに変わった。

すべてお見通しだったのだと、それだけですぐにわかる。

驚いたのは、まさかこんなところでお見送りとは、ということだったのかもしれない。

自分は左手の教会の紋章を高く掲げてから、腰を折って祈りの姿勢を取った。

騎士たちはそのまま自分たちの前を通り過ぎる。

そう思った直後だった。

「おお！」

と、歓声が上がる。

なにかと思い、思わず顔を上げると、騎士たちが揃って胸に手を当て、こちらを見ながら通り過ぎていくのだ。騎士たちの敬礼であり、全員が自分に向けてそうしていた。

つまり彼らは真相を知っている。ローズが口を割ったのか、ウィントシャーが話したのかはわからない。あるいは知らずとも、彼らの公平な信仰心が、見送りに来てくれた者に対する礼儀だとして、そうさせたのかもしれない。

なんであれ彼らの応答に胸の奥が熱くなる中、ローズも眼前を通り過ぎた。ローズの視線はミューリに向けられ、ミューリがこっそり手を振ると顔を真っ赤にして、両隣の騎士に苦笑されていた。

騎士たちの行進はあっという間に自分たちの前を過ぎ、今度は彼らを追いかける人々がこぞってやって来て、握手を求めたり服の裾に触ったりして、大騒ぎとなった。

その人々もにわか雨が引くようにいなくなり、騎士たちの大騒ぎはもうずいぶん遠くになっていた。

やれやれとため息をつくと、右手がふっと温かくなる。

「うまくいきそうだね」

ミューリは遠くになった騎士たちの影を見ながら、そう言った。

右手を握る手は、いつもよりも少し力がこもっている。

「王も心置きなく彼らを支援できるだろう」

ハイランドがそう言って、こちらを見た。

「さあ、戻ろうか。黄金の羊歯亭に席を取ってある。君たちの紋章のお祝いもしないとな」

「お肉！」

ミューリが叫び、さっさと馬車の中に戻る。

店に行く前に着替えさせたほうがいいのでは、と思いつつ自分も中に戻ろうとして、もう一

度騎士たちを見る。

空に掲げられた騎士団の紋章が、雄々しく風に揺れている。

神の御加護がありますように。

胸中で祈ってから、急かすミューリの隣に座り、聖典を膝の上に乗せて目を閉じた。

冬が終わり、春が来て、これから素晴らしい季節となる日の、一幕だった。

あとがき

お久しぶりです。支倉凍砂です。なんだかんだあって、また一年ぶりになってしまいました。

本当は去年末に出る予定だったのですが、全然執筆が進まず、ずるずるとこんな時期に。結局半年近く書いていた気がします……。プロット上では完璧だったんですが、書き出してみると迷宮に迷い込むいつものパターンでした。今回はなるべく深刻にならないように、と注意して、ミューリがひたすら可愛い話にしたかったのですが、どうもすぐ世界が破滅する方向に筆が向かいがちでした。ただ、苦労のかいあって、今までで一番ミューリが可愛くなったのでは、と思います。すでに読まれた方、いかがでしたでしょうか？

ただ、自分なりには満足いくものが書けたのでよかったのですが、パソコンのフォルダーには苦闘の爪痕が。大きく書き直すたびに分岐前のファイルを残していたので、ファイル名が「狼と羊皮紙五巻四稿目コピーコピー（1）12月最新ｖｅｒコピー（3）コピー.docx」みたいなことに。辛い……。

最終的に文庫で200Pくらいまでいって、構成が駄目ざます！　となったのが、一か月以上上伸ばしてもらった締め切りの二週間前で、すでに刊行予定が発表されていて後戻りできない状況でした。前の四巻も似たような状況でしたが、今回は輪をかけてひどかったです。どうしようもないので、ゼロから書き直しました。『マグダラで眠れ』の五巻だったか、その時も十日間前後でゼロから書き直していて、あれは若かったからできたのだよなあ、なんて最近思っていたのですが、まだできるみたいです。もうやりたくないというか、デビューして十年以上小説書いているのだから、一度くらい、プロットどおりに、粛々と筆を進めてみたいのですが……！　『狼と香辛料』の短編のほうは比較的スムーズに進むのですが、それでも完成原稿と同じから倍くらいの枚数を没にしています。短編なので単純に苦しむ時間が長編に比べて少ないだけで、一ページ当たりの苦しみは同じような気がしてきました……。

刊行を一年お待たせしてしまうのも申し訳なく、次こそばしっと三か月で原稿あげたいと思います！　きっと！　多分！　よろしくお願いします！

で、私生活のほうは特に代わり映えもなく、と書きましたが、原稿上がったあたりから株式相場が大変なことになっていて、朝から朝まで相場に張り付いて、ダウ！　立つんだダウ！　って叫んだりしてます。すごく楽しい。今のところ、細かく稼いで積み上げて、大きく張って負けるという、線路上で餌をついばむ鶏みたいな展開が続いています。肥えたところで最後には轢殺。今もまさに日経ダブルインバ信用買いで捕まっていますが……見たら下がってる！　救われるかも！　そんな感じで毎日暮らしております。また次巻でお会いしましょう。

支倉凍砂

◉支倉凍砂著作リスト

「狼と香辛料I～XXII」（電撃文庫）
「新説 狼と香辛料 狼と羊皮紙I～V」（同）
「マグダラで眠れI～VIII」（同）
「少女は書架の海で眠る」（同）
「WORLD END ECONOMiCA（ワールドエンドエコノミカ） I～III」（同）
「DVD付き限定版 狼と香辛料 狼と金の麦穂」（電撃文庫ビジュアルノベル）

本書に対するご意見、ご感想をお寄せください。

ファンレターあて先
〒 102-8177　東京都千代田区富士見 2-13-3
電撃文庫編集部
「支倉凍砂先生」係
「文倉 十先生」係

本書は書き下ろしです。

電撃文庫

新説 狼と香辛料
狼と羊皮紙V

支倉凍砂

◆◇◇

2020年5月9日 初版発行
2024年3月25日 再版発行

発行者 山下直久
発行 株式会社KADOKAWA
〒102-8177 東京都千代田区富士見2-13-3
0570-002-301（ナビダイヤル）
装丁者 荻窪裕司（META＋MANIERA）
印刷 株式会社KADOKAWA
製本 株式会社KADOKAWA

ISBN978-4-04-912452-1 C0193 Printed in Japan

電撃文庫 https://dengekibunko.jp/

電撃文庫創刊に際して

文庫は、我が国にとどまらず、世界の書籍の流れのなかで〝小さな巨人〟としての地位を築いてきた。古今東西の名著を、廉価で手に入りやすい形で提供してきたからこそ、人は文庫を自分の師として、また青春の想い出として、語りついできたのである。

その源を、文化的にはドイツのレクラム文庫に求めるにせよ、規模の上でイギリスのペンギンブックスに求めるにせよ、いま文庫は知識人の層の多様化に従って、ますますその意義を大きくしていると言ってよい。

文庫出版の意味するものは、激動の現代のみならず将来にわたって、大きくなることはあっても、小さくなることはないだろう。

「電撃文庫」は、そのように多様化した対象に応え、歴史に耐えうる作品を収録するのはもちろん、新しい世紀を迎えるにあたって、既成の枠をこえる新鮮で強烈なアイ・オープナーたりたい。

その特異さ故に、この存在は、かつて文庫がはじめて出版世界に登場したときと、同じ戸惑いを読書人に与えるかもしれない。

しかし、〈Changing Times,Changing Publishing〉時代は変わって、出版も変わる。時を重ねるなかで、精神の糧として、心の一隅を占めるものとして、次なる文化の担い手の若者たちに確かな評価を得られると信じて、ここに「電撃文庫」を出版する。

1993年6月10日
角川歴彦

電撃文庫DIGEST　5月の新刊

発売日2020年5月9日

ソードアート・オンライン24
ユナイタル・リングⅢ

【著】川原 礫　【イラスト】abec

二百年後の《アンダーワールド》へ舞い戻ったキリトを待っていたのは、運命の邂逅だった。「これが《星王》を名乗る男の心意か」《整合機士団》団長を名乗るその男は、かつてキリトが失った《彼》と同じ目をしていて——。

86—エイティシックス—Ep.8
—ガンスモーク・オン・ザ・ウォーター—

【著】安里アサト　【イラスト】しらび
【メカニックデザイン】I-IV

終戦。終わりなき戦争に、ふいに見えかけた終わり。もし、戦いがなくなったとき、自分たちは何者になればよいのか——。戦士たちに生まれたその一瞬の迷いが、悲劇という名の魔物を引き寄せる。

新説　狼と香辛料
狼と羊皮紙Ⅴ

【著】支倉凍砂　【イラスト】文倉 十

絆を形にした二人だけの紋章を作るため、コルとミューリは歴史に詳しい黄金羊ハスキンズを訪ねることに。その道中、行き倒れの少年騎士に出くわすが、彼は"薄明の枢機卿"であるコルを目の敵にしていて!?

三角の距離は限りないゼロ5

【著】岬 鷺宮　【イラスト】Hiten

「秋玻」と「春珂」。どちらへの想いも選べない僕に、彼女たちは「取引」を申し出る。二人と過ごす甘い日々がいっとき痛みを忘れさせても、終わりはいつかやってくる……今一番愛しく切ない、三角関係恋物語。

リベリオ・マキナ4
—《白檀式改》紫陽花の永遠性—

【著】ミサキナギ　【イラスト】れい亜

水無月、桜花、全てを失ったその夜。リタの導きで、カノンは密かにイエッセルを脱出。アルプスの山村で二人が合流したのは、吸血鬼王・ローゼンベルクだった。そこでカノンは、吸血鬼たちから驚愕の提案を受け——。

吸血鬼に天国はない③

【著】周藤 蓮　【イラスト】ニリツ

恋人として結ばれたルーミーとシーモア。運び屋の仕事を正式に会社として立ち上げて、日々の苦労の中でも幸福を享受していた二人。だが監獄から『死神』が抜け出したというニュースとともに、彼らの平穏に影が走る。

ぽけっと・えーす!②

【著】蒼山サグ　【イラスト】てぃんくる

ポーカー全国大会に向け、パワーアップを目指すお嬢様たちとドキドキ(=即逮捕の)沖縄合宿を決行。そして、大事なスタメンを巡る選抜は——なぜか小学生たちの脱ぎたて"利きパンツ対決"に発展して!?

新作　楽園ノイズ

【著】杉井 光　【イラスト】春夏冬ゆう

女装した演奏動画がネットで話題となっていたら、学校の音楽教師に正体がバレてしまい!?　口止めとしてこき使われるうちに、先生を通じ個性的な三人の少女と出会い、僕の無味無臭だった高校生活が彩られていく——

新作　日和ちゃんのお願いは絶対

【著】岬 鷺宮　【イラスト】堀泉インコ

「わたしのお願いは、絶対なの」どんな「お願い」でも叶えられる葉群日和。始まるはずじゃなかった彼女との恋は、俺の人生を、世界すべてを、決定的に変えていく——終われないセカイの、もしかして、終わりの恋物語。

新作　魔力を統べる、破壊の王と全能少女
～魔術を扱えないハズレ特性の俺は無刀流で無双する～

【著】手水鉢直樹　【イラスト】あるみっく

一度も魔術を使用したことがない学園の落ちこぼれ、天神円四郎。彼は何でも破壊する特異体質を研究対象に差し出すことで退学を免れていた。そんなある日、あらゆる魔術を扱える少女が空から降ってきて——!?

新作　アンフィニシュトの書
悲劇の物語に幸せの結末を

【著】浅白深也　【イラスト】日下コウ

ごく平凡な高校生・輝馬が『"主人公"募集』の文言につられて応募したアルバイト。謎の美女が主を務める館で行われるそれは、主人公として本の中に赴き、その物語をハッピーエンドへ導く仕事だった——。

新作　僕をこっぴどく嫌うS級美少女はゲーム世界で僕の信者

【著】相原あきら　【イラスト】小林ちさと

神部真澄——将来、官房長官になる男。不登校のクラスメイト・音琴美加を説得するため、ゲームにログインしたんだが……。どうやら勝手に使った従妹のアカウントは人気の実況者らしく、しかも彼女は熱狂的信者だった!?

〝行商人〟と〝賢狼〟の旅を描いた
剣も魔法も登場しない、経済ファンタジー。

狼と香辛料

支倉凍砂

イラスト／文倉十

行商人ロレンスが旅の途中に出会ったのは、狼の耳と尻尾を有した
美しい娘ホロだった。彼女は、ロレンスに
生まれ故郷のヨイツへの道案内を頼むのだが──。

電撃文庫

人々が新たなる技術を求め、異教徒の住む地へ領土を広げようとしていた時代。教会に背いたとして錬金術師のクースラは、戦争の前線にある工房に送られる。その工房では白い修道女フェネシスが待ち受けていて――。

本を愛するすべての人に贈る、
至高のビブリオ・ファンタジー

少女は書架の海で眠る

支倉凍砂
イラスト 松風水蓮

『マグダラで眠れ』の世界観を舞台に、支倉凍砂が書き下ろしたスピンオフストーリー。書籍商を目指す少年フィルが、修道院の書架で出会ったのは、本を憎む美しい少女クレアだった――。